순수의 시대

순수의 시대

김세희 각본 · 김경희 소설

21세기북스

차례

서序

전쟁이 나쁜 것이라고 생각되는 한 전쟁은 언제까지나 그 매력을 지닐 것이다.

— 오스카 와일드

뿌려진 피가 강물로 흐르는 북방의 땅, 어둠 속에서 인간들의 절규가 땅을 뒤덮었다. 칼과 칼이 부닥치는 무자비한 굉음이 쩌렁쩌렁 울렸다. 인간이, 누군가의 아들이, 누군가의 아비가 피를 뿜으며 차가운 땅으로 곤두박질쳤다. 이곳에서는 인간이 더는 인간이 아니었다. 큰 그림을 쥐고 있는 권력자들에게는 바둑돌처럼 여겨졌다. 병사들의 비명은 전장에서는 생존을 갈구하는 절규였으나, 패를 쥔 자들에게는 권력 놀음의 일부일 뿐이었다.

1398년(태조 7년), 이성계와 그를 따르는 세력들은 고려를 멸망시키고 새로운 나라를 세웠지만, 나라 밖으로는 여진족과 왜구의 침략이 끊이질 않았고, 안으로는 차기 왕좌를 둘러싼 암투가 계속되는 혼란스러운 정국을 맞이하고 있었다.

흙먼지 진창 속에서 살아남기 위해 서로 죽고 죽이는 조선의 병사들과 이異족 병사들, 찌르고 찔리는 예리한 칼과 창은 핏줄기를 허공에 흩뿌리고 있었다. 무기를 쥔 병사들은 인두겁을 쓴 살상마였다. 죽지 않기 위해 서로를 죽일 수밖에 없는 사선에서 병사들의 눈에는 살기가 넘쳤다. 왕의 전횡專橫이 선민善民을 살상마로 만들었다. 무기를 놓친 병사들은 돌덩이로 상대의 머리통을 짓이겼다. 아수라 지옥도地獄道. 전장을 도망쳐 온 어떤 이는 자신이 있던 곳을 그렇게 추억했다.

민재는 땀과 피가 뒤섞인 채 빠른 몸놀림으로 이족의 병사들에게 칼을 겨눴다. 그는 수적 열세를 용케 버티고 있었다. 상대의 급소만을 노리는 민재의 칼이 춤추듯 휘돌면 그를 둘러싸고 있던 이족 병사들이 피를 흘리며 쓰러졌다. 민재가 살기 어린 안광을 쏘아내면 이족 병사들의 두 다리가 굳어졌다. 멀리서 이제가 민재를 향해 달려왔다.

"조영규 도총제사는?"

민재가 물었다.

"아직 연통이……."

숨이 턱 끝까지 차오른 이제가 간신히 대답했다.

"흠……."

민재가 짧게 탄식했다. 그의 칼끝에서 검붉은 피가 뚝뚝 떨어졌다. 시간이 얼마 남지 않았다. 적의 저항이 드셌다. 조금이라도 더 지체하면 팽팽하던 전세가 적에게 넘어갈 판이었다. 멀리서 적장의 깃발이 보였다. 투구의 철면으로 얼굴을 가린 적장이 말을 타고 뛰어다니며 아군 병사들을 도륙했다. 아군들이 추풍낙엽처럼 피를 뿜으며 쓰러졌다. 목이 베여 죽어가는 병사들, 팔다리가 잘려나간 깊은 상처의 고통에 신음하는 병사들의 절규가 전선에 퍼졌다.

"알겠으니, 자네는 일단 뒤에서 병사들의 전열을 가다듬게. 내가 적장의 목을 베겠다. 북을 치게 하라."

민재의 시선이 적장에게 고정됐다. 그의 얼굴이 순식간에 굳어졌다. 우아하면서 간결하게 움직이는 적장의 칼에 아군 병사들은 칼도 맞대보지 못하고 쓰러졌다. 멀리서 보면 마치 한 획한 획 난을 치는 고풍스러운 붓의 움직임처럼 보였다. 적장이 타고 있는 말은 미친 듯이 날뛰었다. 아군 병사들이 흘린 피가 사방으로 튀었다.

민재는 몸 아래에서 뜨거운 것이 치밀어 올라오는 것이 느껴졌다. 승부욕과 긴장감이었다. 민재는 한 합의 실수로 자신이 죽을 수도 있다는 것을 본능적으로 알아차렸다. 인간의 판단이라기보다 짐승의 생존욕구에서 비롯된 직감이었다. 민재는 적군을 뚫고 달려가며 바닥의 창을 들어 적장을 향해 던졌다. 창은 그대로 적장이 탄 말의 목에 꽂혔다. 말이 고통으로 펄떡거리자 사방으로 피가 흩날렸다. 인간과는 다른 기이한 괴성을 지르며 펄떡이던 말이 바닥으로 쓰러져 경련했다.

적장은 재빨리 넘어진 말에서 빠져나왔다. 촌각을 다투는 찰나의 시간, 민재는 지체하지 않고 적장에게 몸을 던졌다. 순간 사방이 고요해졌다. 세상에는 단둘뿐인 것 같았다. 적장은 민재의 칼날을 받아쳤다. 잘 훈련된 동작이었다. 묵직한 진동이 민재의 칼끝에서 몸으로 전해졌다. 격검을 하는 동안에도 적장의 빈틈이 좀처럼 보이지 않았다. 민재는 커다란 나무에 칼을 휘두르는 것 같았다. 민재의 일 합을 적장이 받아냈고 민재는 중심을 잃고 쓰러졌다. 적장의 투구 속에서 번뜩이는 두 눈이 민재를 비웃었다. 운명의 신이 그를 비웃기라도 하는 것 같았다. 민재는 몸에서 힘이 빠져나갔다. 적장은 유연하게 칼을 돌려 민재를 향했다. 민재는 바닥의 흙을 한 줌 쥐어 그의 투구에 뿌렸다. 적장은 짧은 비명과 함께 비틀거렸다. 민재가 재빨리 일어나 그를 향해 달려갔다. 적장이 뒷걸음을 치다가 아군 병사의 시체에 걸려 뒤로 넘어졌다. 적장의 투구가 벗겨졌다. 얼굴이 드러난 적장은 홍안의 소년이었다. 아직 젖살이 빠지지 않은 뽀얀 얼굴에 옅은 실핏줄이 비쳤다. 민재는 칼을 쥔 적장의 팔을 발로 누르고 그의 목에 칼을 겨눴다. 가까이서 보니 적장은 더 어려 보였다. 민재는 흙을 뿌린 자신의 비열함에 부끄러워졌다.

적장이 웃었다. 다 알고 있다는 듯.

"비열한 잡종 개새끼!"

눈이 붉게 충혈된 채 죽음을 직감한 적장은 조소했다. 이제 겨우 변성기를 벗어난 소년의 목소리에 민재의 등골이 서늘해졌다. 무엇이 인간을 이토록 잔악하게 만들었는가. 하지만 생각은 소용없었다. 전장은 죽지 않으려면 죽여야 하는, 별다른 이유나 정답이 필요 없는 곳이었다. 민재는 적장의 목에 칼을 꽂았다. 칼을 통해 묵직한 파동이 느껴졌다. 적장이, 아니 소년이 입에 피거품을 물며 악을 쓰다가 점점 힘을 잃어갔다. 그는 눈을 감지 않고 허공을 응시했다. 초점을 잃어가는 적장의 눈에 눈물이 차올랐다. 그는 이제 겨우 인간으로 돌아가는 중이었다. 적장은 작은 경련을 일으키더니 그대로 축 늘어졌다. 민재는 적장의 숨이 끊기고도 한참 동안 칼을 거두지 않았다. 주변이 어둑해졌다. 황홀한 노을이 광활한 들판을 뒤덮기 시작했다. 북소리가 울렸다.

병사들이 횃불을 밝혔다. 일렁이는 불빛들이 전장을 하나둘씩 채웠다. 어둑한 불빛이 진창에 처박힌 병사들의 식은 몸을 비췄다. 처참한 광경이었다. 민재는 얼굴에서 흘러내리는 땀을 손으로 훔쳤다. 땀과 타인의 끈적한 피가 배어 나왔다. 민재는 서늘한 표정으로 자신 앞에 펼쳐진 광경을 살폈다. 벌판 가득 말의 사체와 사람의 시체들이 널브러져 있었다. 어쩐지 비현실적으로 보였다. 병사들이 함성을 지르며 적의 잔당을 뒤쫓았다. 흡사 토끼몰이를 하는 것처럼 보였다. 아군의 함성이 들렸고 곧이어 적군의 비명이 들렸다. 아마도 살아남은 패자들이 살아남은 승자들에게 처참한 도륙을 당하고 있으리라. 민재가 긴 한숨을 토했다. 머리 위로 까마귀들이 모였다. 개중 몇은 땅으로 내려앉아 시체들 주변을 서성였다. 사신邪神의 배려로 배를 채우는 까마귀들. 숨이 끊긴 사람의 몸이 막 끝난 살육제의 제물이 됐다. 멀리서 아군의 횃불이 일렁였다. 이제 치열한 전장도 서서히 그 막을 내릴 시간이었다.

전장에서 멀리 떨어진 도성에서 누군가가 지금을 순수의 시대라고 명명命名했었다. 계절이 바뀌면 이 전장은 언제 그랬느냐는 듯 능청스럽게 들꽃으로 덮일 것이다.

제1부

01

새 궁궐의 신축이 끝난 게 겨우 4년 전이었다. 기와는 갓 구운 듯 윤기를 품고 햇빛을 받아 반짝였고, 신축 2년 만에 새로 송진을 칠한 나무들은 아직 자리를 잡지 않고 활목活木의 색을 띠고 있었다.

새 나라의 연호가 승인된 교지가 내려오고, 새 정권이 수립됐다. 이제 조선이라는 새로운 국호를 가진 나라의 기틀을 잡아야 했다. 이것을 위해서는 새 왕조의 이념과 강령을 만들어낼 수 있는 철학을 갖춘 이가 필요했다. 그 일을 담당한 사람이 정도전이었다.

태조가 한양을 도읍으로 정한 후 종묘, 성곽과 사대문, 궁궐

등을 짓기 시작했고, 1394년(태조 3년) 공사를 시작해 이듬해인 1395년(태조 4년)에 경복궁을 완성했다. '큰 복을 누리라'는 뜻을 가진 '경복景福'이라는 이름은 정도전이 지었다.

"신이 살펴보건대, 궁궐이란 것은 임금이 정사를 하는 곳이요, 사방에서 우러러보는 곳입니다. 신민들이 다 조성한 바이므로 그 제도를 장엄하게 하여 존엄성을 보이게 하고, 그 명칭을 아름답게 하여 보고 감동하게 하여야 합니다. 한나라와 당나라 이래로 궁전의 이름은 그대로 하기도 하고 혹은 개혁되기도 하였으나, 그 존엄성을 보이고 감상을 일으키게 한 뜻에는 변함이 없습니다.

전하께서 즉위하신 지 3년 만에 도읍을 한양에 정하여 먼저 종묘를 세우고 다음에 궁궐을 경영하시더니, 한 해 건너 올해에는 곤룡포와 면류관을 쓰시고 선대의 왕과 신묘에 재향을 올리며, 여러 신하에게 새 궁궐에서 잔치를 베푸셨으니 대개 신의 혜택을 넓히시고 뒷사람에게 복록을 주심이옵니다.

신 정도전에게 분부하시기를 '궁전의 이름을 지어서 나라와 더불어 한없이 아름답게 하라' 하셨으므로 신이 분부를 받자와 삼가 손을 모으고 머리를 조아려 『시경』「주아周雅」의 '이미 술에 취하고 덕에 배가 불러서 군자의 만년을, 빛나는 복을 빈다'라는 시를 외우며 새 궁궐의 이름을 경복궁이라고 짓기를 청하오니 전하와 자손께서 만년 태평의 업을 누리시옵고 사방의 신민으로 하여금 길이 보고 느끼게 하옵니다."

상궁과 나인들이 근정전 앞을 분주하게 움직였다. 근정전에서는 관복을 제대로 갖춘 대신들이 모여 국정에 관한 열띤 토론을 했다. 북방의 전쟁에 대해, 움직임이 심상치 않은 왜구에 대해 갑론을박이 벌어졌다.

태조는 단상 위의 왕좌에 앉아 토론에 열을 올리는 대신들을 묵묵히 내려다보고 있었다.

"해서, 공신들의 사병을 삼군부로 귀속시키고, 사분오열된 병력을 하나로 모아 진법훈련을 실시하는 것이 마땅한 줄로 아옵니다, 전하."

정도전이 고개를 조아리고 말했다.

누군가 헛기침을 했다. 조준이었다. 그의 얼굴에는 불편한 기색이 역력했다.

"수만의 군사가 갑작스레 훈련을 하다가는 상국 대명 황제의 오해를 살 게 뻔하잖습니까? 그 뒤를 어찌 감당하시려 하십니까?"

"좌정승께서는 조선의 내정보다 상국의 눈치가 더 중요하십니까?"

"하면 이 나라가 전란에라도 빠지길 바라신다는 뜻입니까?"

듣고 있던 하륜이 끼어들었다. 대신들이 낮게 술렁였다. 대신들이 주고받는 것은 사람의 말이었지만 꼭 서로를 겨누는 화살 같았다. 태조의 얼굴이 일그러졌다.

"그만들 하시오! 개국한 지 얼마나 됐다고 어찌 이리도 뜻이 모이질 않는단 말이오!"

대신들 사이에 서로 팽팽한 시선이 교차했다. 쉽게 풀리지 않는 서로에 대한 불신이 조정 내에서 들끓었다.

"전하, 조영규 도총제사와 김민재 우군총제사가 도착했습니다."

상선 내관이 들어와 태조에게 아뢰었다.

"오, 들라 해라."

태조가 반갑게 말했다. 그가 용상에서 내려오자 대신들이 기립했다. 두 남자가 근정전 입구에서 칼을 풀고 사정전 안으로 들어왔다. 조영규와 민재였다. 그들은 태조 앞에서 무릎을 꿇고 부복했다.

"신, 도총제사 조영규, 성은을 입어 북방 오랑캐를 토벌하고 왔나이다."

"어서들 오시게. 얼마나 고생이 많았는가."

민재는 잔뜩 힘이 들어간 조영규의 어깨를 의식했다.

"신, 우군총제사 김민재, 인사 올립니다."

민재는 힘주어 말했다. 조영규가 슬쩍 민재를 바라봤다.

"경이 이번 전투에서 큰 공을 세웠다 들었소. 짐은 그대를 보면 젊은 시절이 떠올라 흐뭇하네."

왕의 다정함이 주변을 생경하게 했다. 몇몇 대신들과 조영규는 태조의 말에 불편한 기색을 드러냈다. 태조는 민재의 어깨를 토닥이며 그들을 일으켜 세웠다.

"좌정승."

조준이 고개를 숙이며 아뢰었다.

"예, 전하."

태조가 천천히 용상에 올라앉았다. 태조는 근엄한 왕의 자태로 주변을 살폈다.

"경이 주도하여 승전하고 돌아온 두 장군을 섭섭지 않게 위로토록 하시오."

"예, 전하. 명을 받들겠나이다."

조준이 대답했다. 태조는 고개를 끄덕였다.

"이렇게 훌륭한 장수들 덕에 국방 걱정은 덜었소만, 삼군부

수장에 누굴 임명해야 할지가 새로운 걱정거리가 되었구려."

태조가 호탕하게 웃었다.

태조의 웃음에 대신들도 덩달아 어색하게 웃어 보였다. 조영규도 마찬가지였다. 민재만은 묵묵히 고개를 숙이고 있었다. 그 찰나, 정도전과 조준 그리고 하륜과 조영규의 눈빛이 미묘하게 충돌했다. 탁류 아래에서 큰 고기들이 먹잇감을 향해 서로를 견제하는 듯한 야망을 숨기고 있는 눈빛이었다. 민재는 그들의 눈빛을 모두 읽었다.

02

오후의 화전畵塵은 사람들로 북적였다. 화려한 복식의 고위관리부터 귀부인들, 그림을 경매하는 거상들까지 화전을 발 디딜 틈 없이 꽉 채웠다. 앞 단상에서 화전 주인이 분주하게 경매를 진행하고 있었다.

"자, 20정 나왔습니다, 20정! 21정 없습니까? 21정?"

봄을 맞은 암산巖山의 전경을 담은 수묵담채화는 순식간에 값이 올라갔다. 화풍으로 봐도 붓의 흔적으로 봐도 북송의 화가 곽희가 그린 〈조춘도〉의 모방에 지나지 않았지만, 값은 그림의 질과는 다르게 치솟았다.

"21정 없습니까?"

주인은 좌중의 눈치를 살피며 재촉했다.

"21정!"

주인의 재촉에 못 이긴 양반 하나가 손을 들었다.

"21정. 자, 21정에! 22정 없습니까, 22정?"

더는 좌중의 반응이 없자 주인이 말했다.

"그럼, 조춘도! 은화 21정 낙찰!"

그림을 받은 양반이 환호를 질렀다. 이제 막 권세를 떨치기 시작한 신진 사대부들에게 그림이니 송나라 서책이니 하는 것들은 부와 명성을 과시하는 새로운 도구였다. 단단한 체구의 정안군이 수하들과 군중 속에 섞여 경매하는 모습을 흥겹게 지켜보고 있었다. 정안군, 그는 이성계의 다섯째 아들이었다. 새 왕조개창기에 많은 공을 세웠음에도, 정도전 등의 견제로 권력의 중심에서 밀려나 있었다. 민재가 화전의 분위기를 살피며 정안군 일행을 향해 다가왔다. 정안군은 경매 분위기에 정신이 팔려 있다가 인기척에 민재를 발견하고 그를 반겼다.

"아니 이게 누구신가?"

정안군의 얼굴에 미소가 번졌다. 그는 민재를 껴안으며 큰 소리로 말했다.

"사지에서 큰 공을 세우신 김민재 우군총제사 나리 아니신가?"

"여기 계시다는 소식에 문안차 들렀습니다. 그간 평안하셨습니까?"

민재가 환하게 웃으며 답했다.

"평안하다마다. 자네 덕분이지."

정안군은 장난스럽게 웃었다. 경매는 계속 진행됐다. 북송과 남송의 화풍을 물려받은 유려한 그림 몇 점이 경매에 올랐고 비싼 값이 매겨지며 낙찰됐다. 그림을 나르는 일꾼들은 비단에 싼 그림을 옮기느라 바빴고, 하루 만에 몇 십 칸짜리 기와집을 살 만한 돈들이 왔다 갔다 했다. 그러다 모두가 기다린 대망의 그림이 진열되기 시작했다. 일꾼들이 비단에 싼 그림을 가져오자 장내가 술렁였다. 주인이 찬찬히 화전 안을 살폈다. 그때 화전으로 기녀 둘이 들어왔다. 우아한 매화가 수놓인 비단옷을 입은 기녀들이 등장하자 사람들의 시선이 금방 그녀들에게 몰렸다. 막 봉오리를 터뜨린 꽃을 대하듯 사람들이 감탄하며 수군거렸다. 그녀들은 도성 안 풍류객들에게는 이미 유명한 매향과 가희라는 기녀였다. 가희는 정안군을 발견하고 반갑게 다가왔다. 청순하면서도 지적인 가희의 모습에 민재는 잠시 시선을 멈춰 그녀를 바라봤다.

"이런 곳에서 마주치니 더욱 반갑습니다."

매향이 정안군에게 교태를 부리며 말했다.

"자네도 얘길 듣고 왔구먼! 때마침 잘 왔네."

정안군이 말했다.

"이제 그림이 나오는 모양인가 봅니다."

매향은 고개를 살며시 숙이고는 옆에 서 있는 민재 쪽으로 시선을 돌렸다.

"처음 뵙겠습니다. 매향이라 하옵니다."

민재는 매향의 인사에 말없이 고개를 끄덕였다. 옆에 서 있던 가희도 민재를 향해 가볍게 눈인사했다.

"김민재 총제사님이시지요? 고명은 익히 들었사옵니다."

매향은 최대한 교태스럽게 웃었다. 민재는 고개를 끄덕일 뿐 더는 입을 열지 않았다. 단지 그 옆에 있는 가희에게 눈길을 돌렸다.

"가만, 가만. 인사는 나중에 하고 저길 보게나. 저걸세. 내가 저놈을 보려고 온 거라네."

정안군은 흥분을 감추지 못했다. 마침내 그림이 공개됐다. 하얀 비단이 걷히면서 사람들의 탄성과 함께 화려한 그림이 드러났다. 그림을 보며 매향은 기이한 신음을 냈다. 붉은 모란이 피어 있고, 긴 꼬리의 금계가 꽃 주변에 모여든 나비를 매섭게 바

24

라보는 그림이었다.

"자! 은화 50정부터 시작합니다. 은화 50정!"

매향이 손을 들려 하자 가희가 이를 만류했다.

"이것이 왜 이러느냐."

매향이 가희의 손을 뿌리치며 말했다.

"사지 마십시오."

"무슨 소리냐? 우리 취향루에 저 정도 그림은 걸려 있어야 격이 맞지 않겠느냐?"

가희는 차분하게 말했다.

"저 그림은 휘종의 〈부용금계도〉와 꽃만 다르지 구도와 색채가 똑같습니다. 〈부용금계도〉가 40정이라 알고 있는데, 모작을 더 비싸게 사실 수는 없잖습니까?"

가희는 냉정을 잃지 않았다. 그녀는 옆에서 벙벙하게 바라보는 정안군에게 고개를 숙였다.

"무례를 용서하십시오."

가희의 말에 사람들이 웅성거렸다.

"이 그림이 모작이라는 거요?"

주인은 흥분을 감추지 못했다. 자칫 장사를 말아먹을 수도 있는 난감한 상황이었다.

가희는 흔들림 없이 그림을 똑바로 바라보았다.

"모란은 부의 상징이자 또한 꽃 중의 왕. 하지만 향이 없는 꽃이라 하여 주로 따로 그리거나, 함께 그릴 때에는 바위나 사군자를 넣어 그 뜻을 기립니다. 가끔 눈먼 나비와 함께 그리기도 하지만, 그런 가끔 있는 나비를 노리려 몸을 숨긴 금계라는 것이, 이치에도 맞지 않을뿐더러 화법에도 어긋나는 것이지요. 휘종의 〈부용금계도〉를 급히 따라 그린 모작이 아니면 무엇이겠습니까."

흐트러짐 없는 말을 하는 가희는 기녀가 아니라 양반집 규수같이 바르고 고왔다. 민재는 그런 가희에게 자꾸만 눈이 갔다. 가희는 민재의 시선을 외면했다. 가희가 말을 마치자 좌중들의 웅성대는 소리가 소란스러워졌다. 정안군이 가희를 보고 화통하게 웃었다.

"내 오늘은 너에게 한 수 배우는구나."

정안군은 민재를 보며 활짝 웃었다. 만족스러운 얼굴이었다.

"내 이런 재미에 나오는 거라네."

"해어화라는 말만 듣는 줄 알았더니, 제법이구나."

민재가 매향에게 말했다. 매향은 당황스럽게 웃었다.

"송구스럽습니다. 저희는 먼저 물러나겠습니다."

매향과 가희가 정안군 일행에게 인사했다. 민재는 매향을 따라나가는 가희를 바라봤다. 가희도 민재의 시선이 느껴졌지만 그대로 매향을 따라 밖으로 나갔다. 민재는 계속 가희의 동선을 따라 시선을 옮겼다.

"아이가 영민하지 않은가? 저 아이 덕에 바가지 쓰는 것은 면했네."

정안군이 머쓱하게 웃었다. 정안군과 민재를 비롯해 경매에 열을 올리던 사람들이 자리를 떠나기 시작했다. 사람들로 북적이던 화전에 듬성듬성 빈자리가 생겼다.

"40정! 아니 30정! 나리! 나리! 20정에 모시겠습니다요."

주인은 화전을 빠져나가는 사람들에게 사정하듯 말했다. 사람들은 냉랭하게 화전 주인을 보다가 그대로 화전을 빠져나갔고 금세 화전은 텅 비었다.

화전을 나온 민재와 정안군 일행은 저잣거리를 걸었다. 오후의 저잣거리는 활기가 있었다. 얼마 전까지 전장을 활보하던 민재는 지금 자신이 경험하고 있는 평온한 일상에 표현하기 어려운 이질감을 느꼈다. 이제를 비롯한 민재의 호위병들과 정안군의 수행원들이 뒤를 따랐다.

"강비 소생 막내가 세자가 되었네."

무심하게 걷던 정안군이 툭 던졌다.

"익히 들어 알고 있습니다."

민재는 조심스럽게 말했다. 정안군의 눈빛이 변했다.

"그 일로 온 겐가?"

"무슨 말씀이신지?"

정안군은 껄껄 웃었다.

"이 이방원이가 세자가 되지 못해 울적할까 염려되어 온 거냐 묻는 걸세? 자네 빙부가 정했다 들었네만."

민재는 화들짝 놀랐다. 정안군의 말 속에 숨은 뼈가 날카롭게 느껴졌다.

"그럴 리가 있겠습니까? 세자 자리는 주상 전하께서……."

정안군은 재미있다는 듯 깔깔 웃었다.

"농일세 농이야. 이런들 어떻고 저런들 어떻겠는가. 그나저나 자네 빙부가 부러우이. 자네처럼 힘 있는 이가 곁에 있으니 무슨 걱정이 있겠는가. 어떤가, 내 곁에서 나도 좀 도와주지 않겠는가?"

정안군의 표정이 사뭇 진지해졌다.

"그것은……."

민재의 얼굴에 곤란한 기색이 스쳤다. 정안군의 표정은 다시 장난스럽게 변해 있었다.

"자넨 어찌 그리 변하질 않나? 이리 농이 통하지 않으니 무슨 재미가 있는가! 한량이 무슨 도움을 청하겠는가. 그저 같이 사냥이나 한번 나가자는 얘길세."

정안군은 민재의 어깨를 툭 치며 말했다.

"알겠습니다."

민재는 정안군의 얼굴을 살폈다. 좀 전의 장난스러운 미소가 정안군의 얼굴에 남아 있었다. 정안군은 말에 오를 채비를 했다.

"그럼, 긴 이야기는 오늘 연회 자리에서 나누세나."

정안군은 가볍게 말에 올라앉았다. 민재는 가볍게 읍을 했다. 정안군은 거칠게 말을 몰아 달려갔다. 그의 수행원들도 정안군을 따라 말을 몰았다. 민재는 그 무리가 사라질 때까지 오래 바라봤다. 그가 자리를 비운 사이 자신도 모르는 것들이 조금씩 자리를 달리한 것 같았다. 권력 앞의 인간이 그렇듯 욕망은 다른 모습으로 얼굴을 바꿨다.

민재가 말에 오르려는데 여자의 비명이 들렸다. 한 넝마 소년이 민재 쪽으로 달려오고 있었다. 뒤이어 익숙한 여성이 그 넝마 소년을 쫓고 있었다. 매향이었다.

"도둑이다! 저놈 잡아라!"

매향이 달리며 소리쳤다. 넝마 소년은 혼비백산 민재 쪽을 지나려 하고 있었다. 민재는 순식간에 소년의 다리를 걸어 넘어뜨리고 목을 낚아챘다. 소년은 겁에 질려 민재를 올려다봤다. 노리개를 움켜쥔 손이 바들바들 떨렸다. 민재는 칼을 빼들고 소년의 손을 자르려고 했다.

"아니 됩니다."

다급한 여자의 목소리에 민재가 칼을 멈췄다. 가희였다. 그녀는 몸을 던져 넝마 소년을 감싸 안고 민재의 칼날을 막았다. 민재의 얼굴은 본능적인 살기로 가득했다. 가희는 민재의 눈빛을 피해 시선을 돌렸다.

"노리개를 훔쳤다 하여, 어린것을 불구로 만들려 하십니까?"

"네 것을 훔친 놈이 아니냐?"

민재는 가희의 행동을 이해할 수 없다는 듯 말했다.

"배고픈 어린아이일 뿐입니다."

칼을 쥔 민재의 손에 힘이 빠졌다. 민재는 칼을 거뒀다. 가희는 침착하게 아이를 일으켜 세웠다.

"너는 이걸로 몇 끼를 해결할 수 있겠지만, 나에겐 헤어진 어머니가 주신, 하나밖에 없는 선물이란다."

가희는 아이의 어깨를 잡고 다정하게 말했다. 그녀는 손에 낀

가락지 하나를 뽑아 아이의 손에 쥐여줬다.

"우선은 이걸로 끼니를 해결하고, 앞으로 이런 짓은 절대 하지 말거라. 알겠지? 누구나 소중한 것이 있는 법이란다."

아이는 노리개를 돌려주고 가락지를 쥐고 냅다 뛰었다. 가희는 비스듬히 서서 민재를 향해 고개를 숙였다.

"결례를 범하였습니다. 무례를 용서해주십시오."

민재는 가희의 손에 들려 있는 노리개를 보다가 시선을 옮겨 흙이 잔뜩 묻은 그녀의 치맛자락을 봤다. 민재는 그녀의 치마에서 따뜻함을 느꼈다. 자신을 살피지 않고 아이를 보호하는 그녀의 모습에 민재의 마음이 누그러졌다. 그는 말없이 말에 올라탔다.

"가자."

가희는 말을 타고 떠나는 민재의 뒷모습을 바라봤다. 민재가 사라질 때까지 가희는 꼼짝 않고 그 자리에 서 있었다.

03

밤의 정취가 달콤했다. 민재와 도전은 정자에 함께 서서 후원을 바라봤다. 민재의 장인 정도전은 민재에게 할 말이 있는 것 같았다. 그럼에도 그는 쉽사리 입을 열지 않았다. 그저 다문 입으로 후원의 꽃이며 동백나무 같은 것들을 바라볼 뿐이었다. 민재는 그의 침묵이 불편했다. 장인인 정도전은 태조의 오른팔이었다. 초기 조선의 큰 그림을 그리고 한양 도읍 천도의 선봉에 섰던 그는 정사는 물론이고 정치 문화의 깊숙한 곳까지 관여한 사람이었다. 민재가 불편한 것은 그의 야심이었다.

"정안군을 만나고 왔다고……?"

정도전이 마침내 입을 열었다. 밤의 어둠은 더 깊어졌다.

"그렇습니다."

"그래, 어때 보이던가?"

"그저 한량들과 어울려 다니는 듯 보였습니다."

정도전은 피식 웃었다.

"이빨 빠진 호랑이 흉내를 내지만 내 눈은 못 속이지……. 발톱을 숨기고 있음이야. 자네도 알지 않는가, 그가 어떤 성정을 가졌는지……. 이제부터는 예전과 같은 친우의 정으로 그를 생각하면 곤란해. 알았는가?"

정도전은 짙어지는 밤의 후원을 바라보며 말했다. 정도전은 민재의 마음속까지 들여다보는 것 같았다.

"알겠습니다."

민재가 대답하자 정도전이 민재를 바라봤다. 정도전의 눈빛이 깊게 민재의 눈 속에 고였다.

"삼군부 수장으로 자네가 결정됐으니, 그리 알고 준비하게."

"하지만 빙부 어른……, 이번 전투를 끝으로 쉴 것이라 분명 말씀드렸……."

민재가 말을 채 마치기도 전에 정도전의 그의 말을 잘랐다. 그건 정도전의 버릇이었다.

"지금 시국이 그렇지가 못하네. 배다른 막내가 세자가 되었어. 게다가 지금 군제 개편으로 시끄러운 판국에 어느 누구도 편히 쉴 수 없는 상황이네."

"송구스럽지만 오랜 전쟁으로 심신이 지쳐 있습니다. 삼군부를 이끄는 것은 아무래도……."

민재의 머릿속에 지난 전쟁의 상흔이 다시 떠올랐다. 짓이겨진 병사들의 머리, 그리고 주변을 맴돌며 끊임없이 울어대는 까마귀들. 정말 견디기 어려운 것은 냄새였다. 사람의 살이 녹아내리는 악취. 민재의 미간이 일그러졌다.

"주상 전하의 뜻이네. 어명이야! 자네, 어명을 어길 셈인가?"

정도전이 다그쳤다.

"그런 것이 아니라……."

민재는 당혹스럽기 그지없었다.

"내부 결속을 위해 밖의 적들을 이용할 것이네. 요동을 칠 것이야. 미개한 오랑캐 놈들을 섬멸하고 옛 선조의 땅을 되찾을 걸세. 그러니 자네는 그저 조용히 명만 따르게. 알아들었는가?"

정도전은 단호하게 말했다. 민재는 더는 아무 말도 덧붙일 수 없었다. 이미 결정된 일이었고, 피할 수 없는 명령이었다. 민재가 할 수 있는 일이 아무것도 없었다. 그의 운명은 늘 타인에 의해 결정됐다. 민재는 그것을 벗어날 수 없었다. 아니 벗어나려

하면 할수록 더욱더 세게 발목을 옥죄어오는 덫임을 잘 알고 있었다. 민재는 고개를 끄덕여 '네. 잘 알겠습니다'의 뜻을 밝혔다.

"대조선제국을 세울 것이네. 쉬는 것은 그 뒤에 해도 늦지 않아. 그러니 앞으로 언행에 신중을 기하고, 그 누구도 믿어선 아니 될 걸세."

정도전은 먼 곳을 응시했다. 그의 야망은 범인凡人의 그것과는 달랐다. 정도전은 새로운 국가의 설계자이며 건축가이기도 했다. 민재는 이런 장인 앞에서 무력할 수밖에 없었다. 정도전은 민재의 어깨를 가볍게 두드리고 정자를 떠났다. 멀어져가는 정도전의 뒷모습을 바라보며 후원에 홀로 남은 민재의 얼굴에는 수심이 가득했다.

04

정씨 집안이 온통 분주했다. 귀한 손님의 방문 때문이었다. 그 손님은 다름 아닌 태조였다. 임금이 궁 밖을 벗어나 행차하는 것은 이례적인 일이었기에 민재를 포함한 정도전의 식솔들은 모두 바쁘게 움직였다.

임금은 근엄했으나 다정했다. 태조는 상석에 여유롭게 앉아 있었다. 그 곁을 민재와 정도전이 지켰다. 잔뜩 상기된 정씨 부인은 가식적인 웃음을 띠었다. 그 맞은편에는 경순공주와 부마인 진이 다소곳이 앉아 있었다. 진은 민재의 아들이며, 경순공주의 남편이었다.

"그래, 차도가 좀 있더냐?"

태조는 경순공주를 보며 다정하게 말했다. 경순공주가 고개를 숙였다.

"지난번에 주신 탕약 덕에 많이 나았습니다."

"다행이구나. 빨리 쾌차하여 공주도 빨리 이 댁 손을 이어야 하지 않겠느냐."

경순공주의 얼굴이 붉게 달아올랐다.

"아이······. 아바마마도······."

진도 해사하게 웃으며 멋쩍은 표정을 지었다. 태조와 정도전이 껄껄거리며 웃었다. 민재는 그 옆에서 말없이 무덤덤하게 앉아 있었다.

"내 일부러 이리 온 것은 부마에게 직접 전해주고픈 것이 있어서라네."

태조는 흡족한 미소를 지으며 밖을 향해 명했다.

"밖에 있는가?"

"네, 전하."

상선의 목소리가 들렸다.

"들여오거라."

문이 열리고 상선이 자개로 장식된 작은 함을 들고 들어왔다. 상선은 함을 조심조심 진의 앞에 내려놓고 밖으로 나갔다. 태조는 온화한 미소를 띠며 그 상자를 보았다.

"열어보게."

태조가 진에게 말했다. 진이 황송하다는 듯 한껏 몸을 움츠려 예를 다해 감사를 표했다. 진은 함을 조심스럽게 열었다. 함 속에는 이국적인 문양의 붉은 향낭이 있었다. 모두 향낭의 아름다움에 취한 듯 시선을 떼지 못했다.

"이것은……."

정도전은 떨리는 목소리로 태조를 향해 몸을 돌렸다. 태조는 인자하게 웃으며 정도전에게 고개를 끄덕였다.

"기억하는가? 삼봉."

정도전이 고개를 숙였다. 감동한 듯 그의 어깨가 떨렸다.

"이 귀한 것을 제 외손주에게 주시는 겁니까?"

"이보게, 부마. 향낭이네. 붉은색은 액운을 막고 몸의 기운을 북돋아준다 하지. 나도 젊은 시절 변방에 있을 때 장인에게 물려받은 거라네. 대대로 장인이 사위에게 직접 전해주는 귀한 것이니 항시 몸에 지니고 있게나."

진은 향낭을 살피다가 자세를 고쳐 절을 올렸다.

"전하, 망극하여 몸 둘 바를 모르겠습니다."

"사실 이 향낭은 사위에게 은근히 후사를 종용할 때 쓰는 거라네. 알아들었는가?”

태조는 소리 높여 웃었다. 홍조를 띤 경순공주와 고개를 조아린 진이 어색하게 웃었다. 민재는 태조가 내뱉는 말 한 마디 한 마디가 전부 뼈로 된 것 같다고 느꼈다. 태조는 웃음을 띤 얼굴로 민재를 유심히 바라봤다. 민재 또한 그 시선을 느꼈다.

“이리 있어도 되겠는가?”

태조가 민재를 보며 말했다. 민재는 자세를 고쳤다.

“자네를 위한 연회인데 늦어선 안 되지.”

민재는 등줄기가 서늘해졌다.

“괜찮으니 어서 가보시게.”

태조의 말은 그의 속을 꿰뚫고 있는 것 같았다. 태조는 이미 권력의 중심에서 밀려난 정안군이 민재를 위해 연회를 열었다는 것을 알고 있었다. 민재는 조심스럽게 자리에서 일어났다. 모두가 말없이 그의 움직임을 지켜보고 있었다.

“이만 물러가겠습니다.”

민재의 인사에 태조가 고개를 끄덕였다. 잠시 민재에게 시선을 준 뒤 곧바로 진과 경순공주에게 관심을 돌렸다. 민재는 방을 나와 마루 위에 서 있었다. 태조의 날카로운 시선이 그를 노려보는 것 같았다. 민재는 뒤를 돌아봤다. 자신을 쳐다보는 사람은 없었다. 열린 문 안으로 태조, 정도전, 정씨 부인, 진, 경순 공주가 즐겁게 환담을 나누고 있었다.

민재는 그 모습을 보며 저들과 어울리지 못하는 자신에 대해 생각했다. 알 수 없는 일이었다. 함께 있으면 늘 투명한 벽에 둘러싸인 느낌이었다. 물과 기름처럼 애초에 섞일 수 없었을지도 모른다. 민재는 한동안 그들이 어울려 대화하는 모습을 유심히 지켜보다 자리를 떴다.

05

취향루는 유흥에 흠뻑 젖어 있었다. 귀족들과 힘 좀 쓴다는 호족들은 해가 지기만을 기다렸다는 듯 밤이 되면 취향루로 모여들었다. 민재가 도착하자 기녀들이 반기며 그를 안내했다. 정안군은 복도 끝 가장 넓은 연회장에서 술자리를 벌이고 있었다. 연회장 앞에서부터 음악과 웃음소리가 들렸다. 민재와 이제가 연회장으로 들어서자 흥이 오를 대로 오른 정안군이 흐트러진 모습으로 민재를 맞았다. 그 옆에서 낯익은 사람이 그의 수발을 들고 있었다. 매향이었다.

"오, 왔는가?"

정안군은 취기로 얼굴이 벌겋게 달아올라 있었다. 민재는 인

41

사를 하고 자리에 앉았다. 이제는 민재가 자리를 잡자 멀찍이 하석에 자리했다. 민재의 맞은편에 앉은 조영규와 조준은 얼큰하게 취해 민재에게 불쾌한 눈빛을 던졌다. 준비한 음악이 울리고 기녀들이 나와 군무를 추기 시작했다.

"주인공이 이리 늦으면 무슨 재미를 보겠는가?"

정안군은 민재에게 잔을 권했다.

"죄송합니다. 집안일로 좀…….."

민재는 잔을 받았다.

"흥하는 집안은 역시 바쁜가 봅니다. 삼봉 대감도 못 오신다 하고."

조준이 비꼬듯 말했다. 조영규는 붉은 얼굴로 술잔을 거칠게 비웠다.

"장인이나 사위나 큰일은 죄다 가로채 공을 세우려 하니 공사가 다망한 것은 당연하시겠지."

조영규가 술잔을 탁 하고 내리치며 상 위에 놓았다. 민재는 술잔을 비우다 조영규를 노려봤다. 정안군이 쾌활하게 웃었다.

"그러게 내 뭐라 했습니까? 도총제사는 그 몸을 좀 더 날렵하게 하라 하지 않았소! 그럼 전장에서 더 큰 공을 세우셨을 텐데."

정안군의 농에 좌중이 크게 웃었다. 조영규의 낯빛이 어두워졌다. 민재는 묵묵히 술잔을 비웠다. 군무를 추던 기녀들이 빠져나갔고, 음악이 바뀌었다. 한 명의 예기가 앞으로 나와 독무를 추기 시작했다. 가희였다.

"일전에 화전에서 봤던 그 아이구나."

"예. 요즘 명에서 유행하는 춤인데, 오늘 자리를 위해 성심껏 준비했다 합니다."

매향이 정안군의 어깨에 머리를 기대며 말했다. 가희의 춤은 화려하면서도 절도 있었다. 느리게 진행되는 듯하다가 박자를 쪼개 새로운 움직임을 만들었다. 잘 다듬은 오색의 깃털로 상대를 매혹하는 새의 움직임 같기도 하고 우아한 맹수의 움직임 같기도 했다.

민재는 시선을 두지 않다가 얼핏 가희의 춤을 봤다. 순간, 그 묘한 움직임에 매료된 민재는 가희의 춤을 뚫어지게 쳐다봤다. 그녀의 춤은 몸짓이라기보다 아름다운 노래 같았다. 춤이 고조될 즈음 가희의 몸은 순식간에 거대한 은유가 됐다. 민재는 시선을 거둘 수 없었다. 그때 불쑥 술에 취한 조영규가 춤판으로 뛰어들었다. 그는 괴팍한 손으로 덥석 가희를 잡아 부둥켜안았다. 가희는 놀라서 조영규를 거세게 뿌리쳤다. 조영규는 술상을 엎으며 나자빠졌다.

"춤에도 예도와 법도가 있는 법입니다. 아실 만한 분이 이 무슨 짓입니까?"

가희는 술상에 넘어져 허우적거리는 조영규를 향해 격양된 목소리로 그를 나무랐다. 순식간에 벌어진 일이라 모두 넋 놓고 그 장면을 보고만 있었다. 조영규는 자리에서 벌떡 일어났다. 그의 이마에서 붉은 피가 뚝뚝 떨어졌다. 조영규는 머리에서 흐르는 피를 보고 격분했다. 그는 얼굴이 붉으락푸르락해지더니 칼을 뽑아 들었다.

"이 천한 년이. 오늘이 네년의 제삿날이렷다."

조영규의 칼이 번뜩였다. 악사들이 소리를 지르며 혼비백산했다. 좌중도 사태를 파악하고 눈앞에서 벌어진 일에 경악을 금치 못했다. 매향은 양반의, 그것도 도총제사의 얼굴에 상처를 낸 기녀의 목숨이 온전하지 못할 것이라는 정도는 잘 알았다. 그녀가 자리에서 벌떡 일어나 엎드렸다.

"죽을죄를 지었습니다."

매향은 납작 엎드려 조영규의 발목을 잡았다.

"아직 머리도 올리지 못한 아이이니, 제발 너그러이 용서해주시옵소서."

"머리도 못 올렸어?"

조영규는 순식간에 얼굴을 바꿨다. 분노한 얼굴이 비열하게 이죽거리는 얼굴로 변했다. 가희는 붉게 충혈된 눈으로 비틀비틀 다가오는 조영규를 노려봤다. 그는 서늘한 칼을 가희의 목에 겨눴다.

"그럼 내가 네년의 머리를 올려주마. 어떠냐, 오늘 밤 내 수청을 드는 것이."

조영규의 칼이 가희의 목에 닿았다. 가희는 차가운 쇳덩이의 감촉이 목을 지나 발끝까지 내려가는 것을 느꼈다. 그녀는 꿈쩍 않고 조영규의 눈을 바라봤다. 검고 깊은 눈동자였다. 곧 그녀의 깊은 눈에서 눈물이 차올랐다.

"이 자리에서 죽으면 죽었지, 그리는 못 하겠습니다."

그녀는 말했다. 눈물이 칼끝으로 떨어졌다.

"차라리 죽겠다? 피를 낸 걸로 모자라서 수청을 거절해?"

조영규의 목소리가 떨렸다. 크고 깊은 분노가 그 음성에 배어 있었다. 그는 천천히 칼을 움직였다. 칼이 휙 지나가자 가희의 무복이 바닥으로 풀썩 떨어졌다. 조영규는 비열하게 웃었다. 그의 칼끝이 가희의 저고리 고름을 풀고 치마끈을 잘랐다. 그녀는 흰 속곳 차림으로 서 있었다. 수치스러웠지만 입술을 깨물며 참았다. 조영규의 칼끝이 가희의 목덜미를 희롱하고 속곳 저고리

고름으로 향했다. 가희는 차라리 조영규가 자신을 죽였으면 좋겠다고 생각했다. 모멸감에 몸이 부들부들 떨렸다. 민재는 마시던 술잔을 놓고 천천히 일어났다. 그는 뚜벅뚜벅 조영규 앞으로 걸어가 그의 칼끝을 맨손으로 잡고는 밀어냈다.

"그만하시지요."

민재는 무표정한 모습으로 조영규를 응시했다.

"네놈이 공 좀 세우고, 주상 전하의 총애를 받는다고 이젠 뵈는 게 없구나! 승진은 떼놓은 당상이라 이젠 내가 아랫것으로 보이는 게냐?"

조영규는 칼을 거두지 않고 힘을 줬다. 민재는 물러서지 않고 조영규의 칼끝을 잡은 손에 힘을 더했다. 칼을 쥔 민재의 손에서 피가 뚝뚝 떨어졌다. 바닥으로 떨어지는 민재의 피를 보며 가희의 눈동자가 흔들렸다.

"많이 취하셨습니다. 이쯤에서 그만하시지요."

민재의 목소리는 냉랭했다. 조영규의 얼굴이 더욱 굳어졌다.

"그럼, 혹시 네놈도 이년의 머릴 올리고 싶은 게냐? 좋다. 그럼 누가 계집의 머리를 올릴지, 이참에 아예 피로 승부를 내자. 뽑아라!"

보다 못한 조준이 자리에서 일어났다. 그는 넉살 좋게 웃으면서 둘 사이에 섰다.

"아무리 두 분을 위한 자리라 하지만, 왕자분을 앞에 모시고 두 양반이 이 무슨 추태이십니까?"

정안군이 마시던 술잔을 거칠게 내려놓았다. 탁 소리에 좌중의 시선이 모두 쏠렸다. 정안군은 서운한 듯 웃었다.

"그러게 말입니다. 내 아무리 공신책봉도 안 된 일개 군에 불과하지만, 명색이 왕자인데…… 너무들 하십니다."

정안군은 희미한 미소를 짓던 얼굴을 찡그렸다. 그의 기세에 민재와 조영규는 한풀 꺾여 서로의 거리를 벌렸다. 하륜이 자리에서 일어났다. 그는 비굴하게 웃었다. 그럼에도 냉랭한 분위기는 걷힐 기미가 보이지 않았다.

"그러면 말입니다……. 기왕 이리된 것, 그 선택권을 계집에게 한번 주는 게 어떻겠습니까?

"옳거니! 그거 아주 좋은 생각입니다!"

하륜의 말에 정안군이 맞장구쳤다. 예의 그 장난스러운 얼굴이 돌아왔다.

"나리, 그래도 천한 계집한테 양반을 고르게 하는 건……."

조준은 조영규의 안색을 살피며 말했다. 정안군이 자리에서 일어나 그의 말을 잘랐다.

"그러니 더 재미있는 것 아니겠습니까?"

"어떻습니까? 제안을 받아들이시겠습니까?"

예상치 못했던 정안군의 제안에 민재와 조영규의 표정에는 당황한 기색이 역력했다.

"넌 어찌하겠느냐?"

정안군이 새로운 놀이를 발견했다는 듯 흥미로운 얼굴로 가희에게 물었다. 가희는 양반들의 농지거리에 참담한 심정으로 얼굴이 굳어졌다. 하지만 그녀의 시선에 민재의 피 묻은 손에서 뚝뚝 떨어지는 피가 들어왔다. 가희는 차분한 표정으로 손수건을 꺼내 민재의 발치에 앉아 손을 묶었다. 민재의 얼굴에 당혹한 빛이 서렸다. 정안군이 갑자기 웃음을 터뜨렸다.

"옳거니, 그게 네 마음이렷다! 그럼, 여기 두 사람을 위해서 우리 다 같이 지화자 한번 하시는 게 어떻겠습니까?"

대신들이 껄껄 웃으며 술잔을 들었다. 정안군이 "지화자!"를 외치고 술잔을 비웠다. 대신들이 모두 껄껄 웃으며 술을 마시자 풍악이 울려 퍼졌다. 가희는 양반들 속에서 얼어붙은 표정으로 민재의 발치에 앉아 있었다. 조영규는 민재와 가희를 노려보다가 자존심이 상한 듯 자리를 박차고 나갔다. 민재는 가희를 내려다봤다. 그리고 손수건으로 묶인 자신의 손을 들여다봤다.

06

민재와 가희는 흔들리는 호롱불을 사이에 두고 앉아 있었다.
민재는 말없이 술잔을 입으로 가져갔다. 신부복을 입은 가희는
민재를 바라보며 다소곳이 앉아 있었다. 방 안을 어색한 공기가
감쌌다. 무거운 침묵이 흘렀다. 민재와 가희는 같은 공간에 앉
아 느리게 흘러가는 시간을 온몸으로 받았다. 민재는 술잔을 내
려놓고 자신의 손에 감긴 수건을 바라봤다.

"무슨 생각으로 이러겠다 하였느냐."

이윽고 민재가 입을 열었다.

"곤경에 처한 소녀를 도와주시고 피를 흘리시기에 그랬을 뿐
입니다."

가희가 조용한 음성으로 답했다.

"별일 아니니 신경 쓰지 말거라. 곤란한 상황은 넘겼으니 그만 쉬어라."

민재는 술잔을 채워 비웠다. 그는 날개가 꺾인 새처럼 앉아 있는 가희를 보며 마음이 무거워졌다. 빨리 이곳에서 벗어나고 싶은 마음이었다. 민재는 자리에서 일어섰다.

"지금 이리 가시면……, 제 입장이 곤란해집니다."

가희가 그를 잡았다.

"무슨 말이냐."

"이곳에서도 초야에 소박맞은 계집은 재수가 없다 하여 사내들이 찾지 않는다 합니다."

'부욱' 소리와 함께 손가락 하나가 창호지를 뚫고 들어왔다. 안을 훔쳐보는 사람들의 수군거림이 들렸다. 민재는 밖을 바라보다가 낮은 한숨을 쉬었다. 가희는 다소곳이 고개를 숙인 채 말없이 앉아 있었다. 민재는 자리에 앉으며 호롱불을 껐다. 방 앞에서 구경하던 기녀들과 별감들은 불이 꺼지자 낮은 숨을 쉬며 눈짓을 주고받았다. 때마침 이제가 헛기침을 하며 그들을 쫓아냈다. 그는 방문에서 멀찍이 서서 자리를 지켰다.

희미한 달빛이 감도는 방 안에서 민재와 가희는 마주 앉아 있었다. 달빛에 비친 가희의 얼굴이 하얗게 빛났다. 아름다웠다. 민재의 마음 한구석에서 욕망이 들끓었다. 그는 들끓는 마음과 얼음처럼 차가운 마음의 경계에 간신히 서 있었다. 방 안의 달빛은 민재와 가희를 맴돌았다. 공기는 은은했다. 가희는 민재가 머뭇거리자 자신의 옷고름에 손을 댔다. 민재는 가희의 옷고름을 지그시 눌렀다.

"그만하거라."

민재는 옷을 입은 채 등을 돌리고 누웠다. 가희는 뜻밖의 상황에 당혹스러운 표정으로 민재를 바라봤다. 민재는 등을 진 채, 자신의 손을 물끄러미 봤다. 이 손에 처음 피를 묻힌 적이 언제였던가? 민재는 생각했다. 그리고 눈을 감았다.

넓은 벌판이 보였다. 평화롭게 펼쳐져 있는 고즈넉한 마을이 눈에 들어왔다. 곳곳에 피워진 모닥불, 여진족의 축제였다. 무희가 춤을 추고 있었다. 가희가 췄던 그 춤이었다. 무희의 춤은 우아했지만, 뭐라 말할 수 없는 슬픔이 묻어 있었다. 어린 민재는 그 광경을 묵묵히 바라보며 서 있었다. 여진족의 병사들이 비열한 얼굴로 무희를 보며 수군거렸다. 그 무리 안에 그들의 우두머리가 있었다. 어린 민재는 그 우두머리의 얼굴을 똑똑히 기억하려 애썼다. 그리고 춤을 추는 무희의 몸짓도 잊지 않기 위해 노력했다. 시간과 공간이 뒤틀어졌다.

평온한 해 질 녘의 들판에서 어린 민재는 축제에서 얻은 음식들을 들고 무희와 함께 걸었다. 민재는 과자를 먹으며 행복한 얼굴이었다. 무희가 따뜻하게 그의 머리를 쓰다듬었다. 엄마, 엄마였다. 민재는 오래도록 무희의 포근한 미소를 마음에 새겼다.

밤이 오고 민재와 무희는 서로 다정하게 바라봤다. 어린 민재는 "엄마" 하고 무희의 다리에 얼굴을 묻었다. 따뜻한 손길이 민재의 머리를 지나 등으로 향했다. 민재는 그 따뜻한 손길이 영원했으면 좋겠다고 생각했다. 그때 그들이 들이닥쳤다. 무희의 춤을 바라보며 낄낄거리던 여진족 병사들이었다. 병사들은 무희를 끌고 나갔다. 막무가내였다. 미처 신발도 신지 못한 무희는 피를 흘리며 다리를 끌고 그들에게 끌려갔다. 민재는 온 힘을 다해 병사들에게 악다구니했지만 작고 여린 몸으로 그들을 당할 수는 없었다. 민재는 그들의 발길질에 처참하게 쓰러졌다. 엄마의 얼굴이 보였다. 걱정과 절망으로 뒤섞인 엄마의 얼굴이 보였다. 민재는 다시 몸을 일으키려고 노력했지만 할 수 없었다. 그는 힘이 없었다. 아무런 힘이 없었다.

옷이 찢긴 무희는 절벽에 서서 조용히 울었다. 막사 안에 끌려 들어가 우두머리에게 당한 일은 수치스러웠다. 들고양이에게 뜯어먹히듯 그녀의 영혼은 산 채로 버둥거리며 짓이겨졌다. 무희의 발아래로 깜깜한 절벽이 보였다. 민재는 덤불을 헤치며 달렸다. 멀리 절벽 끝에 서 있는 엄마가 보였다. 엄마는 태풍에 중심을 뺏긴 어린 나무처럼 절벽 끝에서 위태롭게 흔들렸다. 민재가 "엄마" 하고 불러보기도 전에 무희는 몸을 던졌다. 민재는 엄마가 몸을 던진 자리에서 아래를 들여다봤다. 넓게 펴져 나가는 물거품이 보였다. 풍랑은 엄마를 삼키고 태연하게 바위에 부딪혀 부서졌다. 엄마의 흔적은 없었다. 그저 사나운 바다만 있었다. 민재는 허리가 끊어질 듯 몸을 휘청거리며 절규했다. 어린 민재는 복수를 결심했다.

새벽, 막사를 순찰 중인 여진족 병사가 '윽' 하며 고꾸라졌다. 어린 민재는 그 뒤에서 칼을 들고 서 있었다. 민재는 주저앉은 병사의 목을 칼로 천천히 도려냈다. 병사는 소리도 지르지 못하고 고통스럽게 숨이 끊어졌다. 민재는 손에 묻은 피를 보고 나서야 정신이 들어 달리기 시작했다. 정탐 중이던 고려 군사들이 민재를 붙잡았다. 민재는 병사들에게 잡혀 삿갓을 쓴 남자에게 끌려갔다. 덫에 걸린 늑대 새끼처럼 몸을 버둥거리는 민재는 온몸을 피로 칠갑하고 있었다. 삿갓을 쓴 남자가 민재의 앞에 섰다. 민재는 그를 노려봤다. 남자는 그의 피 묻은 손을 잡았다.

"어미의 복수를 하고 싶나?"

남자가 온화하게 물었다. 민재는 고개를 끄덕였다.

"그럼 내가 도와주지."

남자는 삿갓을 벗고 민재의 어깨를 잡았다. 그는 정도전이었다. 결국 복수는 성공했다. 민재는 엄마의 원수인 여진족 우두머리가 격렬하게 저항하다 처참한 죽음을 맞는 것을 똑똑히 보며 웃었다. 그의 마지막 숨이 끊길 때까지 자리를 떠나지 않았다. 민재는 그 머리를 잘라 엄마가 몸을 던진 절벽에 힘껏 내동댕이쳤다.

"엄마를 능욕한 자의 머리를 제가 가지고 왔어요."

절벽 아래 파도가 잔잔하게 일렁였다.

정도전은 어린 민재에게 말했다.

"나는 네가 마음에 든다. 약속을 지켰으니 내 곁에 있겠느냐."

어린 민재는 고개를 끄덕였다.

백주 대낮 선죽교 위에서 무뢰배들과 고관으로 보이는 노인의 호위무사들이 뒤엉켜 살육전을 펼쳤다. 청년이 된 민재는 아수라장을 재빨리 헤치며 노인에게 다가갔다. 민재의 기척에 노인이 몸을 돌렸다. 민재는 칼을 빼 들고 노인의 심장을 겨눴다. 칼이 갈비뼈를 뚫고 들어가는 묵직한 진동이 민재의 손끝에 느껴졌다. 노인은 고통스러운 얼굴로 칼을 쥔 민재의 손을 움켜쥐었다. 칼이 더 깊이 박히자 노인이 민재를 측은하게 바라봤다. 둘은 한동안 서로를 응시했다. 노인의 눈은 깊었다. 바닥으로 그의 피가 뚝뚝 떨어졌다. 민재는 노인의 피가 칼을 타고 자신의 손에 흐르는 것을 느꼈다. 칼을 쥔 손이 뜨끈했다. 노인은 가쁜 숨을 쉬며 민재를 동정하듯 바라봤다. 민재의 눈빛이 흔들렸다. 퍽 하는 소리와 함께 노인이 쓰러졌다. 노인의 머리에서 검붉은 피가 콸콸 쏟아졌다. 돌다리 위로 그의 피가 선명하게 퍼졌다. 노인이 쓰러지자 피가 뚝뚝 떨어지는 철퇴를 들고 비열하게 웃고 있는 젊은 조영규가 보였다. 민재는 노인의 피로 물든 자신의 손을 물끄러미 바라보았다. 갑자기 모든 것이 아득해졌다.

눈을 뜨자 새벽이었다. 민재는 몸을 일으켜 앉았다. 흘린 땀 때문에 등이 서늘했다. 꿈이었구나, 그는 생각했다. 옆을 보니 하얀 속곳 차림으로 앉은 채 잠이 든 듯 눈을 감고 있는 가희가 보였다. 절벽 끝에서 본 풍랑처럼 아침 햇살이 그녀의 주위에 일렁였다. 민재는 손에 감겨 있던 수건을 조용히 풀었다. 그가 흘렸던 피가 흥건히 묻은 채 굳어 있었다.

살며시 눈을 뜬 가희는 텅 빈 민재의 자리를 발견했다. 밤새 높은 파도를 감당해냈던 모래사장처럼 민재가 누워 있던 자리에는 그의 어지러운 흔적이 있었다. 그리고 그 위에 민재의 손에 감겼던 손수건이 있었다. 가희는 가만히 그 손수건을 거둬 손으로 꼭 쥐었다. 민재가 흘린 피의 온기가 아직도 느껴지는 듯했다.

집으로 돌아온 민재는 내내 뒤뜰에서 목검으로 통나무를 내리쳤다. 비가 내렸지만 민재는 상관하지 않았다. 지난밤 꿈이 그의 마음속에 깊게 뿌리를 내린 탓이었다. 목검이 부러졌다. 벌써 두 자루째였다. 부러진 목검을 쥐고 있는 민재의 손에서 피가 뚝뚝 떨어졌다. 그는 생각했다. '이 손의 피는 언제 멈추게 될까?' 정씨 부인은 민재가 빗속에서 목검을 휘두르는 모습을 노려봤다. 그 옆에서 그녀의 몸종이 그녀에게 무언가 쑥덕이고 있었다. 정씨 부인의 눈빛이 매서워졌다.

제2부

01

아침 내내 퍼붓던 비가 그쳤다. 사당의 처마에서 물이 뚝뚝 떨어졌다. 사당 앞으로 한 젊은 양반과 평민의 딸인 듯한 어린 여자아이가 걸어왔다. 젊은 양반은 미끈한 비단으로 옷을 지어 입었지만, 여자아이는 때가 빠지지 않은 무명옷 차림이었다. 젊은 양반이 품속에서 노리개를 꺼내 어린 여자아이에게 내밀었다.

"그러니까 제가 새끼 고양이만 꺼내주면 그 노리개를 저에게 주시는 거죠?"

여자아이의 눈빛은 자개로 만든 고운 노리개를 떠나지 않았다.

"그렇다니까. 저 사당 안의 틈에 끼어 구슬프게 우는데 어찌나 마음이 아픈지. 당최 내 손은 커서 들어가지를 않아. 자네가 들어가서 좀 꺼내주게. 난 밖에서 기다리겠네."

사당 안에서 고양이 소리가 작게 새어 나왔다. 여자아이는 여전히 노리개에 시선을 뺏겨 있었다.

"정말 새끼 고양이만 꺼내주면 그 노리개를 주시는 거죠?"

"아 그렇대도. 내가 양반이 되어서 네게 거짓을 말할 것 같더냐? 어차피 난 이런 거 필요도 없어."

젊은 양반이 여자아이의 얼굴 앞에서 노리개를 흔들었다. 노리개가 반짝이자 여자아이가 신기하다는 듯 웃었다. 여자아이는 사당 안으로 조심스럽게 들어갔다. 여자아이가 사당에 들어서 낡고 음침한 사당 안을 살폈다. 기이한 고양이 울음소리에 여자아이는 침을 꿀꺽 삼켰다. 여자아이는 고양이 소리를 따라 만신상이 놓인 제단 뒤편으로 향했다. 제단 뒤편에서 고양이 가면을 쓴 젊은 남자가 여자아이 앞으로 나타났다. 여자아이가 소리를 지르자 괴한은 그 아이의 눈을 가리고 입을 막았다. 사당 모퉁이에서 웃음소리가 들렸다. 모습을 드러낸 것은 또 다른 젊은 양반들이었다. 괴한은 몸을 버둥거리는 여자아이의 옷을 순식간에 거칠게 찢었다. 여자아이는 필사적으로 저항했다. 그 틈에 괴한이 쓰고 있던 가면이 벗겨지며 그 얼굴이 드러났다. 민재의 아들 진이었다. 진은 사정없이 여자아이의 옷을 찢어발겼다. 여자아이의 알몸이 드러나자 구석에서 구경하던 다른 양반들이 환호성을 질렀다. 진은 자신의 아랫도리를 풀어 내려 그대로 여자아이를 농락했다. 여자아이는 고통에 몸부림을 치다가 진의 가슴께에 손톱자국을 냈다.

"이 천한 년이 감히."

진이 몸을 일으켜 여자아이의 얼굴을 사정없이 내려쳤다. 그러고도 분이 풀리지 않았던지 얼굴을 맞고 정신을 잃어가는 여자아이를 사정없이 짓밟았다. 진의 발길질에 여자아이는 죽은 짐승처럼 축 늘어졌다. 그녀가 캑캑거리며 숨을 골랐다. 진은 발길질을 멈추고 여자아이의 가슴을 거칠게 주물렀다. 여자아이는 천천히 의식을 잃었다. 진은 사냥에 성공한 고양이처럼 여자아이를 오랫동안 가지고 놀았다.

진은 옷매무시를 고치며 사당 밖으로 나왔다. 다른 양반들이 우르르 사당 안으로 들어갔다. 그리고 히죽거리며 아랫도리를 풀었다. 개중에는 노리개를 들고 있던 젊은 양반도 있었다. 친구들이 사당으로 들어가자 진은 그 모습을 돌아보며 피식 웃었다.

몇 시간 뒤 진과 패거리들은 정자에서 거나하게 술판을 벌였다. 뾰족한 얼굴에 날카로운 콧날을 가진 진은 술잔을 비우며 정자 아래 개울에 땅거미가 지는 것을 바라봤다. 친구들은 시시

덕거리며 술잔을 주고받았다.

"전에 건드린 계집이 양인이었다는군. 관에서 고변을 받은 모양이야."

한 친구가 말했다. 진은 그의 말을 듣고도 큰 관심이 없는 듯 여전히 개울에 흐르는 물소리를 들으며 한가한 표정을 지었다.

"제길, 그럼 이제 그만둬야 하는 건가? 아, 이제 슬슬 재미가 좀 붙는데."

"그러게 천것들만 잘 봐가면서 꾀었어야지."

다른 친구가 나섰다.

"딱 봐서 천것인지 양인인지 어찌 구분해? 행색이 그 꼴이니 당연히 천것인 줄 알았지. 진아, 우리 아비들이 피땀으로 세운 나라에서 그 자식들이 재미 좀 보자는데, 일이 왜 이리 꼬일까? 이제 꼼짝없이 다시 기방에나 가야겠구나."

그는 애석하다는 듯 술잔을 비웠다.

"우리야 기방에 가도 상관없다지만, 지엄하신 주상 전하께서 눈에 불을 켜고 지켜보시는 우리 한성위 대감은 이를 어이할꼬?"

친구들이 잔잔히 웃었다. 진은 고개를 휙 돌려 거칠게 잔을 비웠다.

"젠장. 생각지도 않던 부마는 돼서……."

"어쩌겠는가? 대단하신 외조부님과 아버님을 둔 자네의 운명이 그러한 것을. 그래, 아직도 공주마마는 합궁할 상태가 안 되었는가?"

"내 그건 아예 일찌감치 포기했네! 항상 그리 골골대는데 합궁은 무슨."

진의 목소리에 짜증이 잔뜩 묻어났다.

"저런 그럼 자네는 손바닥 공주님이나 만나야겠구먼."

친구 하나가 손을 흔들며 놀리자 다른 친구들이 낄낄 웃었다. 진은 짜증 난 얼굴로 연거푸 술을 들이켰다.

"그나저나 말이 나와서 말인데, 자네들 그 소문 들었는가?"

진이 술을 마시다 말고 궁금한 표정으로 이야기를 꺼낸 친구 쪽으로 몸을 돌렸다. 친구는 장난스러운 얼굴로 목소리를 낮춰 말했다.

"글쎄 이 사람 부친께서, 어젯밤 계집의 머릴 올렸다는 소문이 아주 파다하다네."

"정말인가? 전혀 그러실 것 같지 않았는데."

가만히 듣고 있던 진은 박수까지 쳐대며 깔깔 웃었다.

"내 그럴 줄 알았지. 겉으론 아닌 척, 있는 무게는 다 잡더니! 승전도 했겠다……, 기첩이라도 하나 만드실 요량인가 하하."

"그래도 자네 아버님 이야긴데, 못 하는 소리가 없네."

"흥! 한집에 살아보게! 아주 숨이 막히네. 그러면서 계집질이라니, 내 그럴 줄 알았지. 사내들 속이야 어차피 다 똑같은 것이야."

진은 비웃듯 흥! 하는 미소와 함께 술잔을 비웠다.

민재와 이제의 일행은 저물녘 취향루 근방을 지나고 있었다. 민재의 시선이 취향루를 향했다. 오랫동안 민재를 모셨던 이제는 민재의 분위기가 달라진 것을 느꼈다. 그날 밤의 일 때문이었을까 아니면 민재를 두고 떠도는 소문 때문일까.

"어찌 이 길로 다니시면서 지척에 있는데 한 번도 들러보지 않으십니까?"

이제가 민재에게 다가갔다.

"늦었다. 서두르자."

민재는 말을 재촉했다. 고삐를 쥔 손의 상처가 욱신거렸다.

가희는 창을 열고 기울어가는 석양을 멀리 바라봤다. 그녀의 손에는 민재의 핏자국이 남겨진 손수건이 들려 있었다. 가희는 낮은 한숨을 쉬고는 그것을 곱게 접어 품에 집어넣었다.

석양은 절정을 지났고 세상에는 밤의 기운이 드리우기 시작했다. 붉은 모란꽃밭이 서서히 어둠 속으로 사라졌다.

02

근정전 안에는 묘한 기류가 흘렀다. 대신들은 도열해 왕을 향해 읍하고 있었고, 태조는 용상에 앉아 대신들을 내려다보고 있었다. 침묵이 근정전을 채웠다. 대신들은 중대한 발표가 있을 것임을 알았다.

태조는 한동안 말없이 고개를 조아린 대신들을 바라보다가 마침내 교지를 집어 들었다.

"해서······."

태조는 교지를 천천히 읽기 시작했다. 그 목소리에서 위엄이 느껴졌다.

"과거 전 왕조로부터 내려온 삼군도총제부 체제를 철폐하고,

새로이 의흥삼군부로 군제를 재편하노니, 새로운 삼군부의 수장으로 김민재 우군총제사를 판의흥삼군부사로 임명하노라!"

대신들이 술렁였다. 특히 대신들과 함께 도열했던 조영규는 얼굴이 붉어졌다. 그는 큰 충격을 받은 듯 호흡을 골랐다. 다른 대신들도 마찬가지였다. 하륜의 얼굴에도 당황한 기색이 역력했다. 정세의 흐름이 이미 정도전 쪽으로 기운 지 오래였다지만 정도전의 사위이자 심복인 민재를 판의흥삼군부사로 임명한 것은 뜻밖이었다.

종래의 십위군을 중·좌·우군의 3군으로 나누어 귀속시키고 그 감독권과 지휘권을 갖는 최초의 강력한 중앙군사체제를 정도전의 손에 쥐여준다는 의미이기 때문이었다. 강력한 중앙군사체제의 실권을 손에 쥔다는 것은 절대권력의 상징과도 같았다. 말하자면 왕을 제외한 다른 모든 사람의 위에 서는 것과 같았다. 마침내 정도전은 천하의 권력을 손에 넣었다. 하지만 민재의 표정에서는 아무런 감정도 읽을 수 없었다.

교지가 내려졌고, 민재는 단숨에 군의 실권을 장악한 최고의 군 통수권자가 됐다.

대신들이 물러가고 편전에 태조와 민재만 남았다.

"어떻게 세운 나라인지 잘 알 것일세."

"예, 전하."

태조는 옆에 세워둔 어검을 들어 민재에게 건넸다. 왕이 어검을 내려준다는 것은 그야말로 자신의 권력을 나눠준다는 뜻이었다.

"전하."

민재는 어검 앞에 고개를 조아렸다. 왕의 칼은 사악한 기운을 물리치는 신성함을 지닌 상징물로 여겨졌다. 왕의 칼을 만들 수 있는 시간은 새벽 3~5시 두 시간뿐이었다. 어검은 인시寅時에 고온으로 열처리한 칼을 물에 담가 식히기를 반복하며 칼날의 성질을 바꾸는 작업을 해야 탄생할 수 있었다. 태조는 칼을 쓰다듬으며 말했다.

"칼을 들고 휘두를 힘도 없는 늙은이의 목을 누가 탐내겠는가. 그런 내게 칼이 무슨 소용인가? 이 검을 주는 것은 자네가 이젠 혈연보다 더한 내 분신이 되어주길 바라서일세."

"전하, 망극하옵니다."

"어린아이일 때부터 자네를 보아왔네. 방원이만큼 자네를 아꼈지. 삼봉의 부탁으로 자네를 삼군부사 자리에 앉혔겠는가? 아닐세. 나와 세자를 위해서이네. 다른 누구도 아닌 자네가 필요해. 내 곁에서 나를 위해 칼을 들게. 그 칼로 세자를 지켜주게

나. 세자를 노리는 모든 자들을 향해 그 칼을 뽑아 들어!"

태조는 민재에게 어검을 전했다. 한 면에는 북두칠성과 고대 별자리 31자리가 그려져 있고 다른 면에는 칠성문이라 불리는 27개의 한자가 상감기법으로 새겨져 있었다.

"삼군부사에게 내리는 내 첫 부탁이자 어명이네."

"전하, 어심을 받들어 명을 지키겠나이다."

민재는 왕이 내리는 칼을 받아 들었다. 마침내 진정한 교지가 내려진 것이었다. 민재는 왕의 피를 이어받지 않은 사람으로서 최고의 자리에 올랐다. 하지만 그는 그 자리가 늘 죽음과 맞닿아 있음을 잘 알았다.

민재에게 칼의 무게가 느껴졌다. 왕이 인자한 눈길로 민재를 보며 웃었다. 안심하라는 듯이.

민재는 판의흥삼군부사로서의 첫 일정으로 삼군부 훈련장 방문을 택했다. 그는 기품 있게 말에서 내려 도열한 병사들을 지났다. 병사들의 얼굴에는 존경하는 사람을 우러러볼 때의 표정이 고스란히 담겨 있었다. 전장에서 그는 늘 병사들의 영웅이었다. 민재는 도열한 병사들을 지나 지휘단상에 올랐다. 그의 발 아래 엄청난 규모의 병사들이 줄을 맞춰 서 있었다. 민재는 단상에 서서 낮게 숨을 골랐다. 병사들이 일제히 민재에게 부복했다. 민재가 부복한 병사들을 향해 입을 열었다.

"전장은 훈련장이 아니다. 틈을 보이면 바로 황천행이다. 이겨라! 무조건 이겨야 돌아올 수 있다. 지는 놈들은 엄히 다스릴 것이다!"

"예, 장군님!"

병사들이 기세 좋게 목소리를 맞추어 대답했다.

03

    정안군은 민씨 부인과 함께 사냥터 정자에 앉아 차를 마셨다. 사냥터 정자 아래에서는 수벽치기 시합이 한창이었다. 두 사람이 일정한 순서에 따라 수벽치기를 진행했다. 각기 정해진 세勢의 변화를 시범하다가 서서히 마주 서서 겨루기를 연출했다. 두 사람은 각각 왼손과 오른손을 허리에 끼고 나란히 섰다가 먼저 탐마세를 취했고, 오른손으로 왼 어깨를 쳐 열면서 즉시 요란주세를 취했다. 왼손으로 오른 어깨를 쳐 열고 앞으로 나아가 현각허이세를 취했다. 오른발로 오른손을 차고 왼발로 왼손을 차고 오른발로 오른손을 차고는 바로 순란주세를 취하다가 현란하게 겨루기 시작했다. 정안군은 그 광경을 보며 즐기고 있었다.

민씨 부인도 마찬가지였다. 하지만 정안군 뒤에 앉은 조영규에게는 서운한 낯빛이 역력했다.

"어떻게 이러실 수 있습니까. 평생 칼 밥 먹은 저에게 예조전서라니. 좌천도 이런 좌천이 어디 있습니까?"

정안군은 응원하던 수벽꾼이 쿵 하며 넘어지자 자리에서 벌떡 일어났다.

"저, 저런! 허허허!"

정안군은 무릎을 치고 싱겁게 껄껄 웃으며 앉았다.

"이러다 이 나라가 아주 삼봉과 김민재 둘의 손에 다 넘어가게 생겼습니다."

민씨 부인이 정안군의 잔에 차를 따르다 멈칫했다. 민씨 부인은 정안군의 아내였다. 그는 보통 여인이 아니었다. 머리 회전이 빨랐고 처세에도 능했다. 그녀는 한심한 눈으로 조영규를 흘겨보았다. 오뚝한 코와 깊은 눈매 때문에 인상이 날카로워 보였다. 민씨의 얼굴이 서늘해졌다.

"둘의 손이라니요? 삼봉 한 사람의 손이라 해야 옳지요. 김민재야 삼봉의 개가 아닙니까? 그저 충직한 개. 그리밖에 생각 못 하시니 대감이 좌천되는 것 아니겠습니까?"

민씨 부인은 말을 마치고 까르르 웃었다. 조영규도 민망함을 감추고 함께 웃었다.

"그러다 재미없어지면 그저 죽이면 그만 아니겠습니까?"

민씨 부인은 정안군의 찻잔에 차를 마저 따랐다.

"그리 간단치가 않아요. 잘못하면 물릴 수가 있습니다. 조심해야지요. 사나운 개가 아닙니까."

정안군은 손을 저었다.

"그러니까 제가 드리고 싶은 말씀은, 솔직히 이 나라를 세우는 데 나리만큼 큰 공을 세운 분이 어디 있습니까! 헌데 세자 책봉에서 밀리시고, 정권과 군권까지 저들이 쥐고 흔드니, 제가 화가 나서 이러는 겁니다."

"나는 이렇게 지내는 게 좋다니까요."

정안군은 다시 수벽치기 시합에 빠져들었다. 민씨 부인도 겨루기가 한창인 정자 아래로 시선을 돌렸다. 조영규는 더는 할 이야기가 없는지 묵묵히 입을 다물었다.

"저, 저런! 저것들 좀 보라지. 허허허!"

정안군이 민씨 부인을 보며 웃었다.

04

"내 오늘은 기필코 그 계집의 수청을 받아낼 것이니, 준비 마치는 대로 바로 들여라."

조영규가 취향루 복도로 성큼성큼 들어왔다. 그가 내딛는 한 걸음 한 걸음마다 분노가 녹아 있었다. 매향은 어쩔 줄 몰라 하며 그 뒤를 따랐다.

"하나 그 아이는 이미 모신 분이 있는 몸이라 기예만 파는 예기이옵니다. 나리, 저기 오늘은 저하고 즐거운⋯⋯."

조영규는 뒤따라오는 매향 쪽으로 몸을 휙 돌렸다. 그의 얼굴이 붉게 달아올라 있어 매향은 말을 채 끝내지도 못했다.

"어이가 없구나. 들이라면 들일 것이지 잔말이 많구나!"

조영규가 호통을 쳤다. 매향은 할 수 없다는 듯 고개를 끄덕였다.

"알겠습니다."

매향은 조영규의 살기등등한 태도에 눈조차 맞출 수 없었다. 조영규는 매향이 평소처럼 애교로 녹일 수 있는 그런 사람이 아니었다. 그는 단호했다. 매향은 복도를 걸어가는 조영규의 뒷모습을 보며 긴 한숨을 쉬었다.

가희는 경대 앞에 앉아서 근심 어린 표정으로 상황을 설명하는 매향의 말을 묵묵히 들었다.

"알겠습니다. 그러면 이렇게 하지요. 우선, 영감을 누각으로 모시세요."

매향은 꼭 무슨 일이 벌어질 것만 같아서 두려웠다. 가희는 걱정스레 바라보는 매향을 향해 미소를 지었다.

조영규는 절벽 위에 세워진 취향루 뒤편의 누각에 앉아 술을 벌컥벌컥 들이켰다. 가희가 무복을 입고 누각으로 올랐다. 가희를 힐끗 본 조영규가 매섭게 그녀를 쏘아보다가 이내 비열한 미소를 지었다. 차분하게 무복을 차려입은 가희는 옅은 웃음을 띠며 절을 올렸다. 악공들이 연주를 시작했고 가희는 음악에 맞춰 춤을 췄다. 조영규는 점점 가희의 춤에 빠져들었다.

민재와 이제의 무리는 그 시간 말을 타고 취향루 근처를 지나 집으로 돌아오는 길이었다. 그때 이제가 뭔가를 발견하고 민재에게 말했다.

"부사 나리! 저, 저기를 좀 보십시오."

민재는 이제가 가리키는 곳으로 시선을 돌렸다. 멀리 취향루 절벽 위 누각 난간에 위태롭게 서 있는 가희가 보였다. 민재는 그 방향으로 급히 말을 돌렸다.

가희는 누각 난간 위에 아슬아슬하게 서서 조영규를 향해 조소의 눈빛을 보냈고 조영규는 부릅뜬 눈으로 그런 가희를 노려보았다. 살벌한 분위기에 연주를 멈춘 악공들과 매향은 발을 동동 구르며 그들 사이에 있었다. 조영규와 가희 사이에 빚어진 팽팽한 긴장감이 누각 주변에 감돌았다.

"아무리 천한 곳이라 해도 지켜야 할 법도가 있고, 천한 기녀라 해도 지켜야 할 마음이 있는 법입니다. 계속해서 저를 찾으시겠다면 이 자리에서 뛰어내릴 것입니다."

가희의 절규에 조영규는 실실 웃었다.

"네깟 년이 그리 죽는다고 누가 정절을 지킨 열녀라 할 줄 아느냐? 그저 미친년 하나 자진한 것밖에 더 되겠느냐?"

조용규의 조소에 가희의 눈빛은 더 독기를 띠었다.

"영감과 같은 사내들 품에 안겨 웃음을 파느니, 차라리 미친 년으로 자진하는 게 더 나을 듯싶어 이리합니다."

"뭐라?"

"가희야……, 왜 이러느냐. 이러지 마라!"

발을 동동 구르던 매향이 가희를 말렸다. 하지만 가희의 결심은 단호했다. 그녀는 안타까운 얼굴로 매향을 향해 말했다.

"거둬주신 은혜 하해와 같으나 이렇게 할 수밖에 없는 제 맘도 이해해주십시오. 송구스럽습니다."

사람들이 하나둘씩 모여들어 웅성거렸다. 가희는 가련한 얼굴로 그들을 내려다봤다. 그때 멀리서 말을 타고 달려오는 한 무리가 보였다. 가희는 무리 중 한 사람이 말에서 가볍게 뛰어내리자 그가 민재라는 것을 단번에 알았다. 누각 난간에 선 가희의 얼굴에 희미한 미소가 번졌다. 그녀는 허공에 몸을 던졌다.

"가희야!"

매향이 절규했다. 조영규는 자리에서 벌떡 일어났다. 구경하는 사람들이 일제히 탄성을 지르며 술렁거렸다. 풍덩! 하는 물소리가 들렸고 매향은 자리에 풀썩 주저앉고 말았다. 모인 구경꾼들이 안타까워 발을 동동 굴렀다. 민재는 가희가 공중으로 몸을 던지는 것을 본 순간 마음 깊숙이 새겨졌던 아픈 기억이 떠

76

올랐다. 막막한 절벽 아래로 몸을 던지는 어머니를 간발의 차로 놓치고 황망하게 바라보던 어린 시절 자신의 모습이었다. 바위를 치는 큰 파도와 흔적도 없이 어머니를 삼켜버린 검은 바다도 떠올랐다. 번뜩 정신이 든 민재는 주저하지 않고 달려나가 절벽으로 몸을 던졌다. 사람들이 절벽으로 모여들어 아래를 내려봤다. 얼굴이 벌겋게 달아오른 조영규는 연거푸 잔을 비우고 나서 자리를 박차고 일어나 누각을 나가버렸다.

가희는 시커먼 강물 속으로 한없이 빨려 들어갔다. 아무런 느낌도 없었다. 그녀는 눈을 감고 몸에 힘을 빼고 자신의 운명을 시험해보기로 했다. 깊은 어둠이 가희를 끌어당겼다. 가희는 물속에 잠기면서 말에서 내리던 민재의 모습을 떠올렸다. '그가 나를 봤을까?' 그녀는 휩쓸려 가면 그뿐, 운명이 거기까지라고 생각했다. 가희의 코를 통해 물이 들어오기 시작했다. 숨이 차 심장이 터질 것 같았다. 그때 누군가가 가희의 손을 덥석 잡았다. 가희는 눈을 번쩍 떴다. 물속에서 아른거리는 남자의 모습이 보였다. 분명히 민재였다. 가희는 자신을 구하려 애쓰는 민재의 얼굴을 물끄러미 봤다. 그리고 곧 모든 것이 아득해졌다.

민재는 의식을 잃은 채 방에 누워 있는 가희를 혼란스러운 표정으로 내려다봤다. 다행히 그녀는 목숨을 건졌다. 매향은 따뜻한 물에 담근 천을 정성스럽게 짜서 가희의 이마에 얹었다.

"이런 일이 또 없을 거라 누가 알겠습니까. 행실이 바르고 총명하여 이곳에 두기는 아까운 아이입니다."

민재는 매향의 말을 들으며 대답 없이 앉아 있었다. 그러다 매향이 가희가 민재의 피를 닦았던 손수건을 민재에게 내밀었다.

"몸을 추스르는 대로 이곳에서 내보낼 것입니다."

민재는 매향의 목소리에서 어떤 결의를 느꼈다.

"어찌하려 그러느냐."

"나리께서도 저 아이를 거두실 생각은 없지 않습니까. 저도 꽃에 나비가 모여들어야 먹고사는 계집입니다. 하나 향내를 피우지 않는 꽃은 이곳에 맞지 않는 법. 더 이상 보살필 수는 없는 노릇입니다. 그저 제 살길 찾아가라 해야지요."

민재는 무거운 마음으로 가희의 방을 나섰다. 그의 손에는 자신의 피가 밴 가희의 손수건이 들려 있었다. 민재는 손수건에 묻은 자신의 피가 무겁게 느껴졌다. 그 순간 손수건이 바닥으로 툭 떨어졌다. 민재는 바닥에 떨어진 손수건을 물끄러미 바라봤다.

민재는 한 손에 가희의 손수건을 쥔 채로 말을 타고 홀로 밤길을 달렸다.

'나리께서 머리를 올려주신 이후로 이 손수건을 품에 품고 다

니며 그 어떤 사내들의 제안도 모두 거절한 아이입니다.'

매향의 간절한 말이 민재의 귓가를 떠나지 않았다.

가희는 자리를 털고 일어나 앉았다. 깊은 잠은 꿈으로 가득
차 있었다. 야생화가 만발한 꽃밭에 민재와 나란히 앉아 한가한
봄의 정경을 그저 바라보는 꿈이었다. 꿈속에서 둘은 말을 주고
받지 않았다. 단지 서로가 옆에 있다는 것을 느끼는 게 전부였
다. 그래도 가희는 그게 좋았다. 그녀는 방에 앉아 창밖으로 해
가 기우는 것을 바라봤다. 가희는 여전히 민재의 촉감이 남아
있는 것 같은 손목 언저리를 손으로 쓰다듬었다. 할 수만 있다
면 모든 것을 버리고 그의 곁으로 가고 싶었다. 할 수만 있다면.

멀리서 가마가 들어오는 게 보였다. 가마를 시중들며 걸음을
맞추는 늙은 노파도 보였다. 가희는 자리에서 일어났다. 가마의
주인이 누군지 알 것 같아서였다. 노파가 마뜩찮은 표정으로 가
희를 바라봤다. 가마가 바닥에 내려앉았다. 노파는 가희를 향해
손짓했다. 가희는 가슴이 철렁했다. 올 것이 왔구나. 그녀는 그
렇게 생각했다.

가희는 가마 옆 편에 머리를 조아리고 앉았다. 정씨 부인이
반쯤 열린 가마 창을 통해 가희를 매섭게 노려봤다.

"사내를 믿을 만큼 순진하고 깨끗하냐? 그 더러운 몸으로 어

디 대감의 발목을 잡으려 했느냐?"

가희의 발 앞으로 주머니가 툭 떨어졌다.

"어차피 너에게 필요한 것은 이게 아니더냐? 대감의 발목을 잡는 덫이 되기 싫으면, 이 길로 썩 멀리 사라지거라! 내 더러운 곳에 더 이상 머물기 싫구나!"

가마의 창이 거칠게 닫혔다. 가희는 그 자리에 서서 가마가 떠나는 모습을 바라봤다. 노을이 마당에 내려앉았다. 가희는 한참을 그 자리에 서서 꿈속의 한 장면을 생각했다. 멀리 보이던 봄의 전경과 한없이 따뜻하기만 했던 바람, 그리고 그 속에 나란히 앉아 있는 민재와 자신. 민재는 아무런 말도 하지 않다가 그녀의 손을 꼭 잡았다. 그녀는 어떤 위로나 사랑의 말도 그것보다는 달콤할 것 같지 않았다. 꿈은 거기서 끝났다. 발 앞에 민재의 부인이 던지고 간 돈주머니가 보였다. 모든 것이 꿈이었다.

05

가희는 나루터에 앉아 배를 기다렸다. 지방에서 올라오는 진
상품을 실은 목선들이 강 위에 떠 있었다. 가희는 주변을 둘러
보았다. 어딘가에서 온 물건들과 어딘가로 실려 가려는 물건들
이 보였다. 가희의 손을 잡은 순분이 눈물을 흘렸다.

그 시간 민재는 삼군부 훈련장에 있었다. 막사에 앉아 여진과
의 전쟁에서 약세를 보였던 궁병과 기병의 훈련일지를 살펴보고
있었다. 막사 안으로 별감이 들어왔다. 그는 숨을 헐떡거리며
민재 앞에서 머뭇거렸다.

"무슨 일이냐?"

"장군님, 전해드릴 것이 있습니다."

민재는 별감이 꼭 쥐고 있는 서찰 쪽으로 눈길을 돌렸다.

"조정의 서찰이냐?"

"아닙니다."

별감이 고개를 흔들었다.

"그럼 무슨 서찰이기에 그렇게 숨을 헐떡이느냐?"

별감은 머뭇거리다 말고 서찰을 민재에게 내밀었다. 별감은 민재가 서찰을 받자 돈이 담긴 주머니를 꺼냈다.

"장군님, 이것도 있습니다."

"그게 뭐냐?"

"돈입니다."

"돈?"

"예. 자세한 사정은 서찰에 설명돼 있으리라 생각됩니다."

별감은 민재에게 목례를 하고 황급히 막사를 빠져나갔다. 민재는 서찰을 펼쳐보았다.

나리를 위하는 길이 무엇일지 생각해보았습니다. 무엇을 바라고 사모한 것이 아니었기에, 나리 발목을 잡는 덫이 되고 싶진 않았습니다. 몸은 떠나지만, 마음은 나리 곁에 조용히 내려놓고 가오니, 부디 받아주시옵소서.

가희의 이름이 눈에 들어왔다. 한 글자 한 글자 정성을 들여 쓴 가희의 글씨가 살가웠다.

가희는 포구에 도착한 배 앞에 서 있었다. 배가 도착하자 사람들은 저마다 이별하기에 바빴다. 가희도 마음속으로 자신의 발이 닿아 있는 땅과 이별했다. 이 땅 어딘가에 있을 민재를 떠올렸다. 민재를 생각하면 행선지는 상관없었다. 그가 없는 곳으로 떠나면 그뿐이었다. 순분은 내내 울다가 가희의 손을 놓았다.

"잘 살아."

가희의 말에 순분은 겨우 거뒀던 눈물을 다시 흘렸다.

"건강하세요, 아씨."

가희는 따뜻하게 순분을 안아주고 배로 향했다. 그녀는 다시는 돌아오지 않겠다는 다짐이 흔들릴까 울고 있는 순분을 돌아보지도 못했다.

"아씨, 가희 아씨."

순분이 인파 속에 섞인 가희를 다급하게 불렀다. 가희는 잘 들리지 않는 듯 총총히 뱃머리에 올랐다.

"가희 아씨……!"

가희는 배에 오르기 직전에 순분의 다급한 목소리를 들었다. 땀에 흠뻑 젖은 민재가 굳은 표정으로 나루터를 성큼성큼 걸어 왔다.

"나리."

민재는 말없이 가희의 손목을 잡았다. 민재의 온기가 가희의 손목에서부터 온몸으로 퍼졌다. 모든 것이 그저 꿈이라 여겼는데. 깜깜한 물속에서 강바닥으로 가라앉는 그 순간 민재가 손을 잡아줬을 때 그렇게 생각했는데. 가희의 가슴은 벅차올랐다.

해가 저물었다. 꽃과 나무들은 밤의 암막에 몸을 감추고 하루를 마감했다. 밤은 은밀했다. 세상은 지독하게 고요했으며 공기는 서늘했다. 모든 것이 어둠 속에 잠잠하게 몸을 맡겼다. 그리고 그 밤의 한가운데, 이제 막 서로의 마음을 확인한 남녀가 마주 보고 있었다.

민재는 말없이 가희의 얼굴을 바라봤다. 민재는 그녀의 눈이며 코, 할 수 있다면 모든 것을 마음에 담고 싶었다. 참을 수 없는 두근거림이 민재를 휘감았다. 가희는 가만히 앉아 민재의 온화하면서도 열정이 넘치는 얼굴을 지켜봤다. 할 수 있다면 이 시간을 영원하게 만들고 싶었다.

민재는 가희에게 뜨겁게 입을 맞췄다. 가희는 민재의 입술에서 전해지는 열기에 몸이 녹아버릴 것 같았다. 남녀는 참고 쌓아두었던 욕망을 마침내 터뜨렸다. 민재는 깨어질 듯 소중한 것을 품듯 온몸으로 가희를 끌어안았다. 그리고 섬세하면서도 강한 손길로 가희의 몸을 어루만졌다. 가희는 그런 민재의 손에 몸을 맡겼다.

한 겹 한 겹 몸을 감고 있던 것들을 풀어내자 그들은 마침내 자유로워졌다. 민재의 몸은 한여름의 바위처럼 뜨거웠고 그의 손길은 부드러우면서도 자극적이었다. 마침내 민재가 그녀의 몸에 들어왔다. 가희의 몸은 고통과 환희가 뒤섞였다. 가희는 눈물을 흘렸다. 그 통감痛感이 그녀를 꿈이 아닌 현실로 옮겨놓았기 때문이었다.

민재는 가희의 흐르는 눈물에 입을 맞추며 그녀의 얼굴 구석구석을 느꼈다. 민재는 가희를 부드럽게 만지며 뜨겁게 파고들었다. 그녀가 어디를 떠난단 말이냐.

"내 허락 없인, 그 어디도 가지 못한다."

민재는 거친 숨을 토하며 말했다. 절정에 오른 듯 가희의 몸이 활처럼 휘어졌다. 온몸에 전율이 흘렀다.

그녀는 순식간에 지상에서 가장 높은 곳으로 던져지는 듯한 기분을 느꼈다. 그리고 마침내 가희는 녹아내리듯 민재를 끌어안았다. 가희의 손톱이 민재의 몸을 파고들었다. 둘은 깊은 입맞춤과 함께 뜨겁게 끌어안았다. 아무것도 서로를 방해할 수 없는 시간이 겹쳐졌다.

그들은 서로를 포개고 누웠다. 몇 천 리를 날다가 겨우 지상에 안착한 철새들처럼, 그들은 지쳤지만 안도했다.

제3부

이

　가희는 민재의 부름을 받아 거처를 민재의 집으로 옮기기로 했다. 아침부터 분주하게 짐을 싸는 순분에게 가희는 짐은 모두 두고 몸만 가겠다고 말했다.

　가희와 순분이 민재의 집에 도착하자 정씨 부인이 마루에 나와 있었다. 가희가 정씨 부인을 향하여 공손히 절을 올렸다. 정씨 부인은 마루에 서서 가희를 매섭게 노려보더니 그대로 방으로 들어가버렸다. 눈치를 보며 서 있던 몸종 하나가 가희에게로 다가왔다.

　"안쪽으로 모시랍니다."

　몸종은 앞서 걸으며 가희와 순분을 안내했다. 몸종은 안채 앞에 섰다. 잘 가꾼 정원에는 국화가 흐드러지게 피어 있었다. 몸종이 안채 앞문을 향해 말했다.

"지금 도착했습니다."

"들라 해라."

방 안에서 차분한 경순공주의 목소리가 흘러나왔다. 곱고 기품 있는 목소리였다. 가희는 몸종의 안내로 경순공주의 방으로 들어갔다.

"이리 앉게."

상석에 앉아 있던 경순공주가 손짓으로 가희가 앉을 곳을 일러주었다. 한겨울의 들판처럼 흰 얼굴의 경순공주는 잔잔히 웃었다. 그녀의 방은 단순하고 소박하게 꾸며져 있었다. 가희가 자리에 앉자 경순공주가 그녀를 찬찬히 살폈다. 눈빛에 호기심이 어려 있었다.

"어떤 이인지 궁금했는데, 듣던 대로 참 곱구나."

"송구스럽습니다."

"동기가 없어 적적하던 차에 잘됐어. 어려워 말고 곁에서 말벗이나 되어주게."

가희는 미소를 지으며 가볍게 부복했다.

"부족하지만 공주마마께 선물을 준비했습니다."

가희는 자수가 놓인 하얀 비단 천을 경순공주에게 전했다. 거기에는 들꽃과 함께 시구가 곱게 수놓여 있었다. 경순공주는 맑게 웃으며 천의 시구를 쓰다듬었다.

"귀하고 천한 게 모두 다르지만, 문밖에 나서면 제각각 일이 있어, 홀로 명리에 끌리지 않고, 끝내 한가히 사는 정을 기른다. 위응물의 「유거」로구나."

가희가 고개를 끄덕이며 살짝 웃었다.

"평소에 시문을 가까이하신다 들어 부족하지만 손수 수놓아 봤습니다."

"천지에 하찮은 게 어딨고, 쓸모없는 게 어딨나. 태어났으면 다 이유가 있는 법. 이 시도 그런 말을 하는 것 아니겠는가? 평소 내가 좋아하는 글이었네. 사실, 부끄럽지만 나도 글을 좀 쓰고 있는데."

"무슨 글입니까?"

경순공주는 부끄럽다는 듯 웃었다.

"그저 세상 돌아가는 이야기들을 적고 있다네. 나중에 꼭 한번 봐주게나."

"알겠습니다. 꼭 보여주십시오."

가희가 미소를 지으며 말했다. 이때 문지기가 누군가의 행차를 알렸다.

"한성위 대감 듭십니다."

문지기의 소리에 경순공주와 가희가 자리에서 일어났다. 진이 안으로 들어서며 고개를 숙이고 다소곳이 앉아 있는 가희를 살폈다.

"이 사람이 아버님의……?"

진이 상석에 앉으며 경순공주에게 물었다.

"그렇습니다."

가희는 자리에 앉은 진에게 정성스럽게 절했다. 진은 가희의 우아한 몸짓을 유심히 바라봤다.

"대감님께 인사 올립니다. 가희라 하옵니다."

진은 절을 받고 나서 자세를 고쳐 앉았다.

"두 분이 무슨 얘기를 그리 정답게……?"

경순공주는 가희가 선물한 자수 천을 진에게 보여주었다.

"보시어요."

"오호!"

진이 자수 천을 감상하다 슬쩍 고개를 들어 가희를 봤다. 가희는 진의 시선을 의식하며 자리에서 일어섰다.

"그럼, 저는 이만 물러가겠습니다."

경순공주는 흐뭇하게 가희를 보다가 가희가 나가자 진을 보며 말했다.

"어떻습니까? 훌륭하지 않습니까?"

진은 화들짝 놀랐다.

"훌륭합니다. 아주 훌륭하네요."

진은 비단 천을 경순공주에게 돌려주며 생각에 잠겼다. 과거의 기억을 하나하나 떠올려보던 진은 불현듯 떠오르는 기억에 불에 덴 듯 소스라치게 놀랐다.

02

"주위를 청렴히 하여 몸을 낮추어도 모자랄 판에 계집을 집
안에 들이다니! 왕가의 사돈임을 잊었나? 세자 저하를 도와 북
벌을 해야 할 판에 무슨 경거망동이란 말인가!"

정도전은 차갑게 민재에게 말했다. 그리고 잔뜩 성이 난 얼굴
로 민재를 노려보았다. 민재는 고개를 숙인 채 묵묵히 정도전의
말을 들었다.

"내가 자네를 거두지 않았다면 어찌 살았을 것 같나. 더러운
오랑캐 놈들과 뒤섞여 죽은 동물의 살이나 탐하는 들짐승처럼
살고 있겠지. 어미가 이족이라는 것을 알고도 사위로 받아들였
는데."

민재는 정도전의 말을 끊으며 차갑게 말했다.

"제가 빙부 어른의 제안을 받아들이지 않았다면, 진이가 부마가 될 수 있었을 거라 생각하십니까?"

"지금 진이가 친아들이 아님을 만천하에 고하기라도 하겠다는 건가? 내 딸의 허물을 이용해 나를 욕보일 셈인가? 그렇다면 내 너를 가만두지 않을 것이야!"

둘은 팽팽히 날이 선 채로 대치했다. 정도전의 집무실은 금세 얼음장처럼 차가운 기운으로 가득 찼다.

"집안의 허물을 밝혀 좋을 것이 있겠습니까. 빙부 어른과의 약속을 어길 생각이었다면 처음부터 시작하지 않았을 것입니다. 그러니 그 말씀은 다시 하지 않으시는 것이 모두를 위해 옳다고 생각됩니다."

민재의 확고한 대답에 정도전은 부들부들 떨면서도 말문이 막혔다.

가희는 자신의 방에서 거울을 보며 화장을 하고 있었다. 뒤쪽 창문이 슬며시 열리더니 그 틈으로 진이 가희를 훔쳐봤다. 그러고는 비단신을 양손에 든 진이 방 안으로 들어와 재빨리 창문을 닫았다.

"이 무슨 무례십니까. 어서 나가주십시오."

가희가 엄중히 타이르듯 말했다.

"아버님의 첩이 된 이가 너일 줄은 꿈에도 몰랐다."

진은 과장되게 얼굴을 부여잡고 눈물 흘리는 시늉을 했다.

"나는 네가 죽은 줄로만 알았는데."

가희는 진의 손을 내쳤다.

"죽다 살아났지요."

가희는 진을 올려 보며 미소 지었다.

"천한 목숨이야 살아지기도 죽어지기도 하는 것 아닙니까."

"그땐 왜 갑자기 사라져버렸느냐. 내가 널 얼마나 찾았는지."

진이 가희에게 안타까운 표정을 지어 보였다.

"정말 저를 찾아다니셨습니까."

"암, 그럼. 이렇게 다시 보니 너무 좋구나."

진은 가희를 와락 껴안으며 말했다. 가희는 진을 뿌리쳤다.

"이러시면 안 됩니다."

진은 다시 가희를 껴안았다.

"네가 다시 이렇게 내 곁에 있게 되어 기쁘다."

"비록 첩이긴 하나, 지금은 아버님의 여자입니다. 사람이 오기 전에 어서 나가시지요."

이때 밖에서 순분의 목소리가 들렸다.

"아씨, 공주마마께서 찾으십니다."

진이 화들짝 놀랐다. 가희는 부스스 일어나 진을 내려 보며 피식 웃었다. 진은 밖으로 나가는 가희를 보며 입술을 깨물었다.

경순공주의 방에서 경순과 가희가 마주 보고 앉았다. 경순공주는 잔뜩 긴장한 표정으로 가희의 표정을 살폈다. 가희는 다 읽은 책을 덮었다.

"다 보았느냐? 어떠하냐?"

가희는 미소와 함께 고개를 끄덕였다.

"재밌습니다. 귀양 온 양반과 그를 연모하는 기녀의 마음이 슬프고도 아름다웠습니다."

경순공주는 안도의 미소를 지었다.

"다행이구나. 뭐 더 해줄 말은 없느냐."

가희는 조심스럽게 경순공주를 보며 웃었다.

"이 글을 보니 생각이 난 건데……."

방문 밖에서 서성이던 진이 문을 열며 불쑥 들어왔다.

"부인, 계십니……."

진은 가희를 보자 놀라는 척하며 당황한 표정을 지었다.

"어이쿠, 이거 두 분이 담소 중인데 내가 방해를 했나 봅니다."

진은 다시 나가려는 시늉을 했다. 경순공주는 진의 등장에 놀라며 반가워했다. 경순공주는 자리에서 일어나며 진을 잡았다.

"아닙니다. 아니에요."

경순공주가 반기며 말했다. 진이 가희를 보며 씩 웃었다.

"그럼 저도 담소에 좀 끼겠습니다."

"그래, 계속 말해보거라. 어서."

경순공주가 가희를 재촉했다. 가희는 우물쭈물 말을 아끼다가 결심한 듯 말했다.

"그것이……. 제가 기방에 있을 때, 비단 보부상에게서 비슷한 얘기를 들은 적이 있습니다."

"그러냐?"

"네. 헌데 그 이야기는 마마께서 쓰신 것과는 달리……."

"무엇이 다르냐? 어서 말해보아라."

경순공주는 궁금한 마음에 거듭 가희를 재촉했다.

"귀양에서 풀린 양반이 집으로 돌아가는 길에 기녀가 출세에 지장을 줄까 부담스러워 기녀를 해하고 홀로 돌아가는 이야기였습니다."

가희가 진을 보며 말했다.

"불쌍한지고……. 그래, 그렇게 허무하게 끝이 나더냐."

경순공주가 혀를 찼다.

"그런데 그 기녀가 죽지 않고 살아나서 그 양반에게 복수를 한다지요."

가희는 웃으며 고개를 저었다.

순간, 진의 표정이 굳었다.

"그래? 어떻게 한다더냐?"

경순공주는 호기심 가득 찬 얼굴로 가희를 바라봤다.

"그게……. 뒷이야기는 들질 못했습니다. 다음에 와서 들려준다 하였는데……."

가희가 수줍게 웃었다.

"재미로 듣지만, 마음 아픈 이야기로구나."

경순은 말끝을 흐렸다. 옆에 앉은 진의 얼굴이 달아올랐다.

"설마 사실이겠습니까. 그리 악한 인간이 있겠습니까."

가희는 진을 보며 환하게 웃었다.

"그럼, 그럴듯하게 지어낸 이야기겠지. 다음에 그 보부상이 오면 꼭 뒷이야기를 듣고 전해주게. 꼭."

"예, 알겠습니다."

경순공주는 천진하게 자신이 쓴 이야기책을 쓰다듬었다. 그 사이 가희와 진 사이에 은밀한 시선이 팽팽하게 오갔다.

그날 밤 진과 친구들은 정자에 모여 술판을 벌였다.

"죽은 계집이 살아왔다는 게 말이 되는가!"

한 친구가 못 믿겠다는 듯 말했다. 놀란 표정의 친구들 틈바구니에서 진은 가만히 술잔을 기울였다.

"그러니까 입막음을 위해 죽인 계집이 아버지의 첩이 되어 살아 돌아왔다, 그 말이구먼."

"어머니는 그 계집 얼굴을 알지 않는가?"

진은 고개를 흔들었다.

"사람을 시켜 한 일이라 어머님도 모를 걸세."

"허허. 이런 일이. 자네답지 않게 한 계집을 자꾸 찾을 때부터 불안 불안하다 했는데. 결국 어머님께 들킨 게 사정이 이렇게까지 된 것 아닌가."

진은 들고 있던 술잔을 탁 내려놓고 깊은 한숨을 쉬었다.

"천한 것. 미색에 눈이 먼 게 잘못이었네."

"나 같으면 간이 떨려서 가만있지 못할 텐데, 어머님께 알려야 하지 않겠나?"

진이 또 한 번 고개를 가로저었다.

"아니. 이번엔 내가 할 것이네. 제대로 입막음을 해야지."

진은 핏발 선 눈빛으로 비열한 웃음을 흘렸다.

03

민재는 노곤한 얼굴로 목욕실 욕조에 몸을 맡기고 누워 있었다. 뿌연 수증기가 가득한 욕조 안에 창포와 복숭아꽃잎이 띄워져 있었다. 가희는 눈을 감고 쉬고 있는 민재의 등과 어깨에 있는 자상 흉터들을 어루만졌다. 그러다 가만히 민재의 앞으로 가 그의 손을 들어 손바닥에 난 자상 흉터를 쓰다듬었다.

"아프지 않으셨습니까?"

가희는 민재의 손바닥을 들어 올려 자신의 뺨에 댔다. 그런 가희를 가만히 보던 민재는 자신의 손으로 가희의 얼굴을 쓰다듬었다. 민재는 가희에게 뜨거운 입맞춤을 했다. 가희는 민재의 등을 쓸어내리듯 어루만졌다. 그리고 격렬하게 서로를 탐닉하기 시작했다.

이들의 불붙는 사랑을 벽 틈으로 훔쳐보는 이가 있었다. 진이었다. 눈 속에 민재와 가희의 격정적인 정사 장면이 들어오자 진은 이를 악물었다. 그는 한동안 두 사람의 열정적인 몸짓을 지켜보다 어둠 속으로 사라졌다.

달에 먹구름이 드리워지고, 쿠르릉 소리와 함께 비가 내리기 시작했다. 민재와 가희는 함께 잠들어 있었다. 지붕에서 달그락거리는 소리가 작게 나더니 이내 천장에서 흙 부스러기가 민재의 얼굴에 살짝 떨어졌다. 민재는 번쩍 눈을 떴다. 쾅 하는 벼락과 함께 문밖에 칼을 든 괴한의 그림자가 보였다. 민재는 순간적으로 문을 향해 몸을 던졌다. 우당탕! 문짝이 부서지면서 민재와 괴한이 바닥에 뒹굴었다. 난동 소리에 진과 정씨 부인, 경순공주, 가희, 하인들이 바깥으로 나왔다. 민재는 다급하게 그들에게 말했다.

"위험하다. 나오지 마라!"

지붕 위에서 다른 괴한이 칼을 빼 들며 뛰어내려 민재의 허를 노렸다. 민재는 간신히 지붕에서 달려든 괴한의 칼을 피하고 연이어 다른 괴한의 칼날도 아슬아슬하게 피했다. 민재는 오랜만에 느끼는 살기에 두 다리에 힘이 들어갔다.

"자객이다!" 하는 소리와 함께 이제와 호위병들이 우르르 달려왔다. 호위병들이 괴한들을 감싸자 은폐해 있던 다른 괴한들이 칼을 빼 들고 나타났다. 집 안은 순식간에 전장이 됐다. 겨우 마음을 가라앉힌 민재는 칼을 빼내고는 괴한을 향해 달려갔다. 그들은 빗속에서 격렬하게 칼날을 부딪치며 서로의 목숨을 노렸다.

한바탕 난리가 벌어지는 사이 또 다른 괴한이 지붕에서 몸을 날렸다. 목표는 정씨 부인과 경순공주, 그리고 진이었다. 호위병 몇몇이 칼을 곧추세워 들고 그들을 호위했다.

괴한과 검투를 벌이던 민재는 상대의 옆구리 쪽에 허점을 발견하고는 재빨리 거기에 검을 꽂았다. 괴한은 비명을 지르며 그 자리에서 피를 뿜고 쓰러졌다. 그러자 다른 괴한들이 호위병들 틈을 비집고 들어와 민재에게 달려들었다. 민재 곁을 지키던 이제가 괴한이 휘두르는 칼날을 쳐내고는 괴한의 심장에 자신의 칼을 찔러 넣었다.

민재가 괴한들의 공격을 막아내느라 등을 돌린 사이 한 괴한이 민재를 향해 단검을 던졌다. 찰나를 노린 급습이었다.

"나리!"

이때 가희가 몸을 던졌다.

날아들던 칼은 가희의 어깨를 스쳐 지나가며 민재의 얼굴 쪽을 향했다. 민재가 몸을 돌려 피하자 칼날은 민재의 얼굴을 스치듯 지나갔다. 이를 본 가희가 외마디 비명을 지르며 쓰러졌다. 민재는 방향을 틀어 칼을 던진 괴한의 몸을 갈랐다. 괴한은 내장을 쏟아내며 그 자리에 고꾸라졌다.

민재는 가희에게 달려갔다.

"생포하라!"

민재가 가희를 부축하며 말했다.

이제 한 명의 괴한만 남았다. 이제가 검을 휘둘러 그 괴한의 칼을 든 팔을 잘라냈다. 모든 동료가 죽고 홀로 남아 오른팔까지 잃은 괴한은 절망한 듯 보였다.

그는 남은 왼손으로 품속에 있던 단검을 꺼내서는 망설임 없이 자신의 목을 갈랐다. 곧 괴한의 숨이 끊어졌다. 이제의 얼굴에 당혹감이 비쳤다.

"괜찮은가?"

민재가 가희에게 물었다. 가희는 부들부들 떨며 고개를 끄덕였다. 하인들과 정씨 부인, 진, 경순공주가 겁이 가시지 않은 표정으로 우왕좌왕했다.

"어서 의원을 불러라!"

민재는 가희를 안아 들고 방으로 뛰어 들어갔다. 이런 민재의 행동에 정씨 부인은 서운하고 당혹스러운 느낌이었다. 진은 무서워 어쩔 줄 몰라 할 뿐이었다.

근정전의 분위기는 엄숙했다. 화가 머리끝까지 치민 태조는 용상에서 일어나 대신들을 향해 소리쳤다.

"공주가 머무는 곳에 자객이라니! 감히 누가 삼군부사의 집에 괴한을 보낸단 말인가!"

태조가 격노를 띤 음성으로 말했다. 그는 흥분을 감추지 못하고 서 있다가 털썩 용상에 주저앉았다. 대신들은 어찌할 바를 몰랐다.

"경들은 무얼 하는 사람들이오? 누가 말 좀 해보시오!"

태조의 노기 어린 질책은 계속되었다.

"누구의 소행인지 발본색원하여 응당 대가를 치르게 함이 당연한 일이오나, 전하, 사병 철폐를 진두지휘하는 삼군부사의 집에서 그 호위병들이 칼을 들고 싸웠다는 것 또한 그냥 넘길 순 없는 일이라 사료되옵니다."

눈치를 보던 조준이 입을 열었다.

"주인의 목숨을 지키기 위해 칼을 든 호위병이 사병이라도 된단 말입니까? 부사와 부마, 공주마마의 목숨을 위협한 자들이 누구인지 밝히는 것이 우선이옵니다, 전하."

옆에서 듣고 있던 정도전이 나섰다.

"자객이 모두 죽었사온데, 죽은 이를 어찌 문초할 것이며, 누구에게 죄를 물을 것입니까?"

고개를 조아리고 있던 하륜이 비웃듯 말했다.

"호위병이 사병이 아니면 무엇입니까? 삼군부사가 먼저 나서 호위병들을 삼군부에 귀속시키는 것이 옳사옵니다. 그들을 내어 줄 수 없다 하면, 그것이 더 수상한 일이 아니겠습니까, 전하."

조준이 다시 입을 열었다.

"다들 그만하시오!"

태조의 목소리가 한껏 격앙됐다.

"삼군부사는 왜 아무 말도 없는가?"

태조가 민재를 향해 말했다.

"이 모든 일은 제 부덕의 소치입니다. 이번 일과 관련된 호위병들은 모두 삼군부로 보내어, 더는 문제가 되지 않도록 하겠습니다."

"이번 일은 이것으로 정리할 것이다. 순군만호부에서 증거를 찾기 전까지 이 일을 다시 거론하는 자가 있거든 엄벌에 처할 것이니 모두 그리 아시오!"

태조가 단호한 음성으로 말했다. 조준과 하륜은 태조의 결정에 흡족한 마음이었으나 애써 그 표정을 감추었다. 민재는 고개를 숙여 왕명을 받았다. 정도전은 못마땅한 표정으로 민재를 힐끗 쳐다보았다.

"부사 나리 드십니다."

방에 누워 있던 가희는 문지기의 목소리를 듣고 부스스 자리에서 일어났다. 가희를 돌보던 경순공주와 순분이 들어오는 민재에게 고개를 숙여 인사하며 밖으로 나갔다.

"깨어났다는 소식에 왔다."

민재가 자리에 앉으며 말했다.

"괜찮으냐?"

"예."

가희는 옷매무시를 고치며 대답했다.

"다행이다. 허나, 다시는 그런 자리에 나서지 마라!"

"그저 부지불식간에 일어난 일이라……."

"어찌 너는 칼을 두려워하지 않는단 말이냐! 칼 앞에 서는 건 사내들의 몫이다. 알겠느냐?"

민재가 단호하게 말했다.

"알겠습니다."

민재는 차갑게 일어나 방문 쪽을 향했다. 그리고 문을 열다 멈추어 섰다.

"고맙다."

그가 등을 돌린 채 말했다. 그리고 방문이 닫혔다.

가희는 휑한 눈으로 민재가 떠난 자리를 응시하며 깊은 생각에 잠겼다.

04

취향루 밀실에서 정안군과 조영규가 술잔을 주고받고 있었다. 한껏 기분이 들뜬 조영규는 연신 껄껄 웃었다.

"그리 좋으십니까?"

정안군이 물었다.

"예, 좋다마다요. 대감들이 이번 일을 그리 도와주실 줄 몰랐습니다. 으하하."

조영규는 호기롭게 술을 목구멍으로 털어 넣었다.

"그래도 순군만호부 조사는 어찌하려 하십니까?"

"하 대감이 그러더군요. 죽은 이를 어찌 문초할 것이며, 누구에게 죄를 물을 것입니까? 옥황상제도 방법이 없습니다. 하하하!"

조영규는 하륜의 목소리를 흉내 내며 말했다.

"그런데 말입니다, 개가 죽으면 그 밥그릇은 누가 치울까요?"

정안군이 나지막이 물었다.

"그야 당연히 개 주인이⋯⋯."

조영규가 앞뒤 가릴 것 없이 답했다. 그러다 일순 딱딱하게
얼굴이 굳었다.

"그렇게 맹견 한 마리 죽이는 걸로 끝날 거라 생각하셨습니까?"

정안군의 목소리는 그리 크지 않았지만 위압적이었다.

조영규는 말을 잃은 채 정안군을 바라봤다. 그는 정안군의 눈
빛이 달라졌다는 것을 깨달았다.

"이 일이 그렇게 끝날 일입니까?"

정안군이 조영규의 빈 잔에 술을 채우며 말했다. 잔에는 술이
찼다가 넘쳐 조영규의 옷 위로 술이 흘러내렸다. 하지만 정안군
은 멈추지 않고 계속 술을 따랐다. 술잔을 잡은 조영규의 손이
바들바들 떨렸다.

"전에도 위태위태하시더니⋯⋯. 이번엔 하늘이 도우셔서 목
숨은 부지하시는 겁니다."

정안군의 목소리에는 살기가 느껴졌다. 조영규는 등이 서늘
해짐을 느꼈다.

"만일 저 아이 목숨이라도 달아났다면, 영감이 그 자리에 앉아 제 술을 받을 수 있었을 것 같습니까?"

정안군이 바깥을 슬쩍 보며 말했다. 바깥 창으로 한 여인의 모습이 흐릿하게 보였다.

"이 미친년 목숨에 조 영감 안위가 달려 있다니, 재밌습니다."

문밖에서 차분한 목소리가 들려왔다. 정안군이 조영규를 향해 실소를 머금더니 고개를 끄덕였다. 이윽고 문이 열리고 문밖의 여인이 그들 앞에 나타났다. 조영규는 그것을 보고 소스라치듯 놀랐다. 숨이 콱 막혔다. 들고 있던 술잔까지 놓치고 말았다. 얼굴을 드러낸 여자는 가희였다.

"만사가 새옹지마 아닙니까. 이번 일을 계기로 일이 수월해질 것입니다."

가희가 웃으며 말했다. 조영규는 놀라서 벌어진 입을 다물지 못했다.

정안군과 민씨 부인은 정자에 앉아 산비탈을 내려봤다. 사병들의 거친 숨소리가 산비탈을 가득 채웠다. 하륜을 비롯한 수하들이 정안군 뒤에 서 있었다.

"김민재의 어미가 누군 줄 아십니까? 여진족 기녀입니다."

정안군이 말했다. 민씨는 이미 알고 있다는 듯 고개를 끄덕였다.

"사내들이야 본시 어미 품을 그리는 법 아닙니까?"

정안군이 씩 웃었다.

"어쨌든 이제 슬슬 모란이 피어도 될 듯합니다."

정안군이 알 수 없는 표정을 머금고 나지막이 내뱉었다.

"나리……."

하륜이 정안군에게 슬쩍 다가와 눈을 돌리며 말했다.

"응?"

정안군이 하륜을 향해 눈길을 주었다.

"엿보는 쥐새끼가 있는 것 같습니다."

하륜이 목소리를 낮추어 말했다.

"알고 있습니다."

정안군은 고개를 끄덕였다.

그러고는 손을 내밀어 수하에게 활과 화살을 건네받았다. 그는 콧노래를 부르며 여유 있게 활시위에 화살을 걸었다. 그리고 몸을 홱 돌려 멀리 풀숲을 겨눴다. 그러자 풀숲에서 숨어 엿보던 남자 하나가 화들짝 놀라며 풀숲에서 나와 달아나기 시작했다. 정안군은 차분히 남자를 겨냥하더니 그대로 활시위를 놓았다. 활을 떠난 화살은 그대로 날아가 남자의 등에 꽂혔다. 등에 화살이 박힌 남자는 몇 걸음 걷지 못하고 쓰려졌다.

"역시 나리는 신궁이신 주상 전하를 쏙 빼닮으셨습니다. 허허!"

하륜이 감탄하며 말했다.

정안군은 하륜의 말에 피식 웃었다.

"닮은 게 많지요. 아버지하고 나는."

그는 산비탈 아래에서 사병들이 훈련하는 장면을 잠잠히 지켜보았다. 적지 않은 숫자의 사병들이 산속에서 기민하게 검술 훈련을 하고 있었다.

정도전의 집무실에는 정도전과 대신 몇 사람 그리고 민재가 모여 있었다.

집무실에 무거운 공기가 내려앉았다. 모여 앉은 이들의 표정은 하나같이 긴장감으로 굳어 있었다.

"간자에게서 연락이 두절되었습니다. 아무리 수소문해도 찾을 수 없습니다."

보고하는 이의 목소리에서 두려움이 잔뜩 느껴졌다.

정도전이 심각한 표정으로 민재와 눈을 맞췄다.

민재의 얼굴이 굳어졌다.

정안군의 사병들이 빠른 움직임으로 사냥감들을 몰았다. 정안군은 사병들 사이에서 말을 타고 날렵하게 움직였다. 민재와 이제는 말을 타고 정안군에게 다가갔다. 사냥을 하던 정안군이 고삐를 잡아 말을 멈췄다.

"이거 부사 나리 아니신가! 어쩐 일로 귀한 발걸음을……."

정안군이 민재를 반겼다. 민재는 눈빛으로 말 안장에 실린 활을 가리키며 말했다.

"오랜만에 같이 활 좀 당겨볼까 해서 왔습니다. 괜찮겠습니까?"

정안군은 민재의 말이 뜻밖이라는 듯 놀라는 표정을 짓더니, 이내 껄껄 웃었다.

"물론이지! 언제든지 환영이네."

정안군이 민재에게 화살통을 던졌다. 민재는 능숙하게 받아 들었다. 그리고 정안군이 먼저 말을 달려 사냥터를 가로질렀다. 날카로운 구령 소리가 골짜기를 가득 울렸다. 정안군과 민재의 무리가 빠르게 산속을 가로질렀다. 정안군과 민재는 사람을 피해 급히 도망치는 멧돼지를 쫓았다. 두 사람은 각기 방향을 다르게 잡아 달렸다. 민재는 활을 조준했다. 멧돼지와 정안군 둘 다 민재의 시야에 들어왔다. 시위를 당기는 민재의 손가락에 힘이 들어갔다.

어느새 정안군도 민재의 반대편에서 활시위를 당겨 조준하고 있었다. 민재는 본능적으로 먼저 활시위를 놓았다. 툭, 활시위의 탄력이 풀어지자 화살이 휙 날았다. 화살은 정안군 바로 옆을 스쳐 지나 나무에 꽂혔다. 정안군을 겨냥했다 빗나간 것인지, 언제든 정안군을 쏘아 없앨 수 있다는 경고인지는 알 수 없었다. 정안군이 의미심장한 눈빛으로 나무에 꽂힌 화살을 쏘아봤다.

그사이 민재는 활시위를 다시 당겨 멧돼지를 겨눴다. 그가 활시위를 놓자 화살은 정확히 멧돼지의 가슴께에 꽂혔다. 멧돼지가 화살을 맞고 고꾸라졌다. 멧돼지의 울음소리가 산에 울렸다.

민재와 정안군이 정자에 마주 앉았다. 정안군이 민재에게 차를 따랐다. 사냥터 마당에는 아직 사냥에 골몰하는 이들이 말을 타거나 활시위를 당기고 있었다.

"실력이 여전하구먼."

정안군이 입을 열었다.

"다들 움직임이 좋고 날랜 자들인데, 운이 좋았을 뿐입니다."

민재가 무심히 답했다.

"하는 일 없이 주야장천 사냥이나 하고 다니니, 들짐승만큼 날랠 수밖에. 그래도 자네를 당하기는 힘들 것 같네. 하하하."

정안군이 호탕하게 웃었다.

"군께서 제게 손님들을 보내셨습니까?"

민재가 나지막이 물었다.

정안군은 차를 한 모금 마시더니 고개를 가로저었다.

"허허. 이거 서운하네. 내 뭐가 아쉬워 남의 손을 빌리겠나? 손을 보낸 것은 내가 아니라 자네가 아니던가?"

정안군의 반격에 민재는 말문이 막혔다.

사냥터 정자에는 삼엄한 긴장이 감돌았다. 정안군과 민재를 호위하던 수하들이 긴장하기 시작했다. 이제는 자신도 모르게 칼에 손을 가져갔다. 팽팽한 대치의 기운이 양쪽 진영을 감돌았다.

"어찌하여 이런 식으로 사병을 키우십니까?"

민재는 애써 담담하게 말했다.

"사병이라니, 주상 전하가 국법으로 금하는 일을 내가 무슨 이유로? 난 그저 할 일 없는 한량들과 어울려 산짐승이나 잡으며 노는 것일세."

정안군은 여유롭게 차를 음미하며 말했다.

"그럼 저들이 삼군부에 오도록 도와주십시오."

민재가 다시 말했다.

"하필 이럴 때에 대규모 군사훈련을 하려는 이유가 뭔가?"

정안군이 민재에게 물었다.

"나라의 병력을 하나로 모음은 당연한 일 아닙니까."

민재가 담담하게 대답했다.

"요동이라도 칠 계획인가? 아니면, 어린 세자를 앞세워 옥좌라도 노리는 건가?"

정안군이 쏘아붙였다.

"말씀이 지나치십니다."

민재가 발끈했다. 하지만 정안군은 별일 아니라는 듯 찻잔을 만지작거렸다. 그것은 정안군의 특기였다. 어딘가에 칼을 품고도 아무런 내색조차 하지 않는 것. 정도전이 가장 두려워하는 점 또한 그것이었다. 정안군의 얼굴은 평온했다. 풍랑의 기미가 전혀 없는 잔잔한 바다와 같았다.

"하긴 자네는 무슨 연유에서 이런 훈련을 하는지 모르겠지. 그저 삼봉의 칼잡이 노릇이나 하고 있으니."

정안군이 그 평온한 표정으로 민재를 보며 말했다.

"사병은 국력을 사분오열시키는······."

민재의 말은 정안군의 목소리에 막혔다.

"민재야. 김민재!"

정안군의 목소리가 바뀌었다. 예의 그 부드러운 음성이 아니었다. 민재는 자신도 모르는 새 긴장하고 있었다.

"나는 삼봉의 말이 아니라, 자네 말이 듣고 싶네. 내 앞에 이 사람이 김민재인가, 삼봉 정도전인가? 삼봉의 나팔수 노릇이 그리 좋은가?"

정안군은 민재에게 얼굴을 가까이 대었다.

"저는 그 누구의 사람도 아닙니다. 칼로 왕을 모시고, 백성을 지킬 뿐."

민재의 눈빛이 흔들렸다. 하지만 이를 악물었다.

"나도 그게 진실이었으면 하네."

정안군이 빙글빙글 웃었다.

"본시, 다 일궈놓은 밭을 아비 등에 업혀 가는 철부지는 기고만 장해지는 법이라, 바닥이 진창인지 자갈밭인지도 모른다지요."

민재의 날이 선 말에 정안군은 아무렇지 않다는 듯 고개를 끄덕였다. 그리고 낮은 목소리로 입을 열었다.

"그런데 그 철부지가 장성해서 말일세, 늙은 아비를 편히 모시려 업어드리려는데, 그 아비 되는 자가 등에 칼을 꽂는 경우도 있더구면……."

두 사람의 눈빛이 팽팽히 맞섰다. 민재는 말없이 읍을 하고는 자리를 떴다. 멀어지는 민재를 바라보는 정안군의 얼굴이 굳어졌다.

중천의 해가 세상을 밝게 비추고 있었지만 유독 취향루 밀실에는 깊은 그늘이 드리워졌다. 그곳에서는 괴괴한 정적마저 감돌았다. 또르르, 술잔 채워지는 소리가 밀실에 퍼졌다. 정안군은 홀로 앉아 술을 들이켰다. 그 맞은편에는 가희가 앉아 있었다.

"네가 나에게 했던 약조를 잊어선 안 된다."

정안군이 다부진 눈빛을 보내며 말했다.

"여부가 있겠습니까."

가희의 대답도 단호했다.

"일이 틀어지면 목숨을 보전하기 힘들 것이야."

정안군이 술잔을 비웠다. 가희가 그 잔에 다시 술을 따랐다.

"애초에 죽은 목숨……. 제가 어떤 마음으로 여기까지 왔는지 잘 아시지 않습니까? 그저 염려이시옵니까, 저를 믿지 못하시는 겁니까?"

가희가 자신을 염려하는 정안군이 야속하다는 듯 자못 단호한 음성으로 말했다. 그리고 정안군을 바라보았다. 그의 얼굴에서 비장한 기운이 스쳐 지나갔다. 찰나의 시간이었다. 아무도 알아채지 못하는 정안군의 비장함을 가희는 놓치지 않았다.

"나는 그저 네가 화에 사로잡혀, 평정심을 잃을까 걱정이다."

정안군이 다시 술잔을 비웠다.

가희는 정안군의 눈을 똑바로 바라보다가 이내 정안군의 술
잔에 다시 술을 채웠다. 알 수 없는 긴장감이 둘 사이에 흘렀다.
정안군도 가희도 그 속내를 다 알고 있었다. 다만 사람의 마음
이며 사람이 하는 일이 아니던가. 어쩔 수 없는 불안이 싹을 틔
운 것이다.

"한 사람만 벌하기 위함이라면 이리하지 않았겠지요. 그 가문
과 집안을 모두 멸하여 죗값을 물을 것입니다. 그리되면 나리가
바라던 일도 이루어지지 않겠습니까. 그러니 걱정 마십시오."

가희가 결의에 찬 음성으로 말했다. 정안군은 술잔 너머로 그
런 가희를 바라봤다.

가희는 취향루 뒷문을 빠져나와 저잣거리로 나섰다. 거리에
노비들을 흥정하며 사고파는 장면이 눈에 들어왔다. 매물이 된
사람들은 마치 굴비를 엮어놓은 것처럼 새끼줄로 묶여 줄지어
연결되어 있었다.

가희의 눈빛이 흔들렸다. 사람이 물건이나 짐승 취급을 받는
세상이 한스러웠다. 어린 딸과 어미가 각기 다른 주인에게 팔려
가며 가혹한 이별에 오열하는 모습이 보였다. 가희의 마음도 함
께 무너져 내렸다.

가희는 이들 옆을 그저 스치듯 지나갈 수밖에 없는 자신의 처지가 서글펐다. 그녀는 아무것도 할 수 없었다. 몸, 그것이 그녀가 가진 전부였다.

가희는 조심스럽게 주변을 살피며 숨어들다시피 집으로 돌아왔다. 자신의 방 앞에 도착한 그녀는 안도의 한숨을 내쉬었다. 가희가 문을 열고 들어서자 방 안에서 민재의 뒷모습이 보였다. 민재는 창문 앞에 서서 바깥을 바라보고 있었다. 그는 오랫동안 기다린 듯 보였다.

"아직 몸도 성치 않으면서, 어딜 그리 다니는 게냐?"

민재가 창 너머를 바라보며 말했다.

"답답하여 잠시 바람 좀……."

"취향루엘 갔었다 들었다."

민재가 가희의 말을 끊었다.

"동기들 소식이 궁금해 다녀오는 길입니다."

가희의 목소리는 긴장감으로 파르르 떨렸다.

"앞으로 그곳 출입은 자제하거라."

민재가 말했다.

"제 출신이 거슬리는 겁니까?"

가희가 따지듯 물었다.

"그런 것이 아니다. 주변이 어수선하니 경솔하게 행동하지 말라는 뜻이다."

민재가 목소리를 조금 누그러뜨리며 말했다.

불편한 기류가 민재와 가희 사이에 감돌았다. 민재는 더는 말을 잇지 않고 밖으로 나가버렸다.

그때 가희의 눈에 벽에 걸린 그림 한 폭이 들어왔다. 〈모란금계도〉였다. 가희는 〈모란금계도〉를 심란한 표정으로 바라보았다. 그림 뒤편 창으로 보이는 후원에서는 활짝 핀 모란꽃에 하얀 나비가 날아와 앉았다. 가희는 밖으로 뛰어나갔다. 후원을 걸어가고 있는 민재가 보였다. 가희는 뛰어가서 민재 앞을 막아섰다. 민재의 눈빛이 흔들렸다.

"처음 만난 그날을 잊을 수가 없었다."

민재가 조용히 입을 열었다.

"깊은 마음 헤아리지 못했습니다."

가희의 목소리는 다정스러웠다.

"산책이라도 하겠느냐?"

민재는 자신을 향해 뛰어온 가희의 상기된 얼굴에 마음이 누그러진 듯 보였다.

후원에서는 흐드러지게 핀 꽃잎이 하나둘씩 떨어지고 있었다. 민재와 가희는 나란히 후원을 거닐었다. 그러다 가희가 민재에게 손을 뻗으며 다가갔다. 가희의 손길이 닿을 듯 말 듯 가까워지자 민재의 가슴이 요동쳤다. 민재는 애써 두근거리는 마음을 눌렀다.

가희의 가슴도 쿵쾅거렸다. 바로 지금이 꿈에서 봤던 그 순간이기 때문이었다. 형형색색의 꽃들이 햇빛을 받아 눈부셨다. 바람에 날리는 꽃잎들이 눈처럼 날리다가 살포시 내려앉았다.

가희는 부드러운 손길로 민재의 얼굴을 쓰다듬었다. 민재는 환하게 웃었다. 꽃잎 하나가 날아와 민재의 수염에 앉았다. 가희는 한참을 웃다가 민재의 수염에 붙은 꽃잎을 떼어냈다. 민재는 괜스레 헛기침을 하고는 피식 웃었다.

"송구스럽습니다."

가희가 수줍게 말했다.

가희와 민재는 석양을 등지고 나란히 섰다. 그러다 서로를 바라보며 부드러운 눈길의 사랑스러운 어루만짐을 느꼈다. 다시 꿈이었다. 아니 꿈인지 현실인지 알 수 없는 묘한 경계였다. 민재가 가희의 손을 꼭 잡았다. 가희의 눈망울이 촉촉이 젖었다. 민재는 가희의 눈동자를 그윽이 보며 이마 주변을 부드럽게 쓰다듬었다.

바람이 불었다. 꽃잎이 날렸다. 지상이 아니라 천상의 풍경인 듯했다. 민재와 가희는 말없이 꽃잎을 밀어내고 있는 나무를 올려다봤다.

"너는 제 뜻으로 자리에 서서 꽃을 피우는 나무를 본 적이 있느냐? 나무는 바람 따라 흔들리고, 때론 누군가에 의해 심어지고 계절에 따라 피고 지는 것. 사람도 이와 마찬가지다."

민재가 담담하게 말했다.

"사람이 제 운명을 따르는 것도, 거스르는 것도 결국은 그리 될 운명에서 벗어날 수 없다는 것 아니겠느냐."

말을 이어가는 민재의 얼굴에서 쓸쓸함이 지나갔다. 그는 애써 온화하게 웃었다. 가희는 가만히 민재의 눈길을 피해 고개를 돌렸다. 모란꽃으로 나비들이 몰렸다. 사방이 흐드러진 꽃잎처럼 보였다.

"그리 보면 운명이나 인연이라는 게 있는 것 같습니다. 과거에는 저 역시 제 뜻으로 살아보려 했는데……."

가희의 목소리에서도 옅은 쓸쓸함이 묻어났다.

만연한 봄의 석양 아래 있건만, 가희는 자신이 겨울 들판에 홀로 서 있는 나무 같다는 느낌이 들었다. 매섭고 모진 겨울바람에 맞서 그것을 찢을 가시를 품을 수밖에 없는 그런 나무처럼 느껴졌다. 가희는 자리에서 일어났다. 사뿐한 걸음으로 후원 연못 근처를 산책하다가 연못가에 앉았다. 물 위에 자신의 얼굴이 비쳤다. 모든 꿈이 산산이 조각나는 느낌이 엄습했다.

"그만 드시지요."

가희가 얼굴에서 서서히 미소를 지우며 말했다. 그리고 가슴속으로 한마디를 되뇌었다.

'이제는 그리 사는 게 맞는지 혼란스럽기만 합니다.'

05

가희는 아무것도 손에 잡히지 않았다. 눈을 감으면 어둠 속에 민재가 서 있었다. 그냥 바라만 볼 뿐, 그게 전부였다. 그는 아무런 말도 하지 않았다. 그럴 때마다 가희는 묘한 두려움에 휩싸였다. 가희는 그 느낌의 정체를 알 수 없었다. 아니 알 수가 없었다. 모든 것이 뒤틀린 기분이었다. 아무리 머리를 쥐어짜도 해답이 나오지 않았다.

"아씨, 포목점에 비단 보부상이 왔다고 기별이 왔습니다."

방문 앞에서 순분이 말했다.

가희는 눈을 번쩍 떴다. 그녀는 고요한 자신의 방에 있었다. 현실이었다.

가희가 집을 나서 저잣거리 포목점으로 가자 문 앞에 포목점 주인이 기다리고 있었다. 그는 가희를 보자 고개를 숙여 인사하고는 점포 안쪽 창고로 그녀를 안내했다.

"순분아 너는 여기서 기다리고 있거라."

가희는 주인을 따라 안쪽으로 들어섰다. 포목점 창고에는 갖가지 화려한 비단 천들이 걸려 있었다. 하지만 인기척이 느껴지지 않았다. 길게 널린 비단들이 을씨년스럽게 펄럭일 뿐이었다. 갑작스러운 공포가 찾아왔다. 가희는 색색의 천들 사이를 헤집으며 보부상을 찾았다.

"계시오? 계시오?"

가희가 창고 깊숙한 곳에 다다르자 천들 사이로 누군가 쓱 나타나 뒤로 다가왔다. 진이었다. 가희는 크게 놀란 기색 없이 진을 바라봤다.

"여긴 어인 일이십니까?"

가희가 정중히 인사했지만, 그 목소리에는 찜찜함과 불쾌함이 묻어났다.

진이 가희를 향해 점점 다가왔다. 숨결이 닿을 만큼 가깝게 얼굴을 붙였다. 그러고는 비열한 미소를 지어 보였다.

"그때 못 한 이야기를 마저 해야 하지 않겠느냐."

진의 손등이 가희의 목과 어깨를 타고 내려갔다. 가희는 팔다리에 소름이 돋는 것을 느꼈다. 하지만 몸을 뿌리쳐 피하지 않았다. 다만 진을 뚫어지게 바라볼 뿐이었다. 진이 가희의 가슴을 움켜쥐었다. 가희의 입에서 가는 신음이 새어 나왔다. 가슴을 만지던 진의 손은 가희의 치마 속으로 향했다. 그리고 헤집듯 더듬었다. 가희는 진의 손길을 거부하지 않았다. 오히려 진의 바지 속으로 손을 집어넣어 그의 성기를 잡았다.

"이런 이야기가 필요하십니까?"

진은 미처 예상하지 못했던 가희의 반응에 놀랐다. 하지만 그것도 잠시였다. 남자를 잘 아는 듯 부드러우면서도 현란한 손놀림에 빠져들었다. 진은 흥분과 쾌락에 젖었다. 그의 얼굴이 묘하게 일그러졌다.

"그렇지, 그렇게. 이제야 얘기가 통하는구나."

진이 거친 숨을 토하며 말했다.

이때 가희가 진의 바지 속에서 손을 빼내었다. 진이 아쉬운 표정을 지었다.

"강상죄는 참수형이라는 걸 아시는지요?"

가희가 끈적한 웃음기를 머금고 말했다.

"알다마다."

128

진이 답했다. 하지만 그의 몸은 이미 달아올랐다. 그는 씩씩대며 가희를 뒤에서 덮치고는 양손으로 가슴과 사타구니를 쓰다듬었다. 가희가 짧은 신음을 토해내자 주체할 수 없는 지경이 되었다. 진은 자신의 허리끈을 풀어 바지를 내렸다.

"하지만 그 상대 또한 같이 참수당하지. 하지만 그 전에 네가 여태 살아 있는 걸 어머니가 아신다면 그래도 네 목숨이 붙어 있을 것 같으냐?"

진의 말에는 비열함이 잔뜩 배어 있었다. 그는 가희의 치마를 걷어 올렸다.

"그러니 너와 내가 입을 맞춰 함께 살 길을 모색해보아야 하지 않겠느냐."

진이 가희의 몸을 더듬으며 말했다.

가희의 얼굴에 야릇한 웃음기가 번졌다. 그녀는 몸을 살짝 돌려 진의 품에서 벗어났다. 하지만 거부가 아니라 교태스러운 몸짓이었다. 진은 슬슬 약이 올랐다. 가희를 껴안고 와락 쓰러지더니 재빨리 가희 위에 올라탔다.

"여기선 전처럼 빠져나갈 구실이 없을 것이다. 찾아올 사람도 없고. 보부상? 그건 너를 빼내려 내가 거짓 연통을 한 것이다."

진이 비밀을 털어놓듯 말했다. 하지만 가희는 깔깔 웃었다.

"보부상요, 무슨 보부상? 그 얘기가 진짜인 줄 아셨습니까?"

가희가 놀리듯 말했다. 진이 멈칫했다.

"그게 무슨 소리냐?"

당황한 진이 되물었다.

틈을 탄 가희가 몸을 빼고는 진의 앞에 앉았다.

"불쌍한 공주 재밌으라고 한 거짓말이죠."

가희가 말했다. 그러고는 치마를 걷어 올려 희고 탐스러운 종아리를 자랑하듯 뻗고는 발로 진의 사타구니를 자극했다.

"재미를 보려거든, 핑곗거리가 있어야 하지 않겠습니까."

가희의 목소리는 남자를 들끓게 만드는 힘이 있었다. 진은 걷잡을 수 없는 흥분으로 몽롱해졌다.

"그래. 네 말이 맞다."

진이 맞장구를 쳤다.

진의 사타구니를 애무하던 발은 서서히 올라가 그의 배를 쓰다듬었다. 그러면서 치마가 점점 올라가 그녀의 하얀 허벅지가 드러났다. 가희는 저고리 고름을 풀었다. 사내의 격정을 빨아들일 듯한 하얀 가슴골이 드러났다. 진은 점점 드러나는 가희의 속살을 보며 정신이 아득해졌다.

"대감이 원하는 것을 취하시기 전에, 저에게도 무엇이든 주셔야 하지 않겠습니까."

가희가 홀리듯 말했다.

"그래, 뭐든, 뭐든 주마."

진이 급한 마음에 내뱉었다.

가희의 발이 진의 상의에서 삐져나온 향낭에서 멈췄다.

"이것을 정표로 주십시오."

가희가 말했다.

"이것은 주상 전하가 내린 것이다."

진은 몸을 뒤로 빼며 향낭을 감췄다.

가희는 진의 위에 올라타 몸을 밀착시키며 그의 얼굴을 내려
다봤다. 그러고는 손을 뻗어 향낭을 움켜쥐었다.

"서로 목숨을 건 징표입니다. 이 정도는 되어야 적당하지 않
겠습니까."

가희가 진의 저고리 고름을 풀면서 말했다. 그녀는 부드러운
손길로 진의 가슴을 쓰다듬었다.

"전처럼 나 몰라라 하시면, 이번엔 정말 속상할 겁니다. 그리
상처받는 건 한 번이면 족하지 않습니까."

"그래, 그래. 알았다."

진의 대답이 떨어지자마자 가희는 이미 풀어헤친 진의 저고

리 고름에서 잽싸게 향낭을 빼냈다. 그리고 상체를 일으켜 가슴골 사이에 집어넣었다. 가희는 진이 흥분한 틈을 타 주변을 살폈다. 뒤쪽에 비단들이 잔뜩 쌓여 천장까지 닿아 있는 것이 눈에 들어왔다. 툭 치기만 해도 무너질 듯 위태로워 보였다. 가희는 교태스러운 표정으로 진의 바지를 내렸다. 진의 숨이 가빠졌다. 가희는 진의 배에 입술을 대었다가 서서히 아래로 내려갔다. 진은 걷잡을 수 없는 흥분에 빠져 눈을 감았다. 그러다 눈을 떠 천장 쪽을 보자 위험천만한 비단 더미가 눈에 들어왔다.

"자……, 잠깐……."

그때 가희가 팔꿈치로 비단 더미를 툭 쳤다. 진의 머리 위로 우르르 비단 더미들이 쏟아졌다.

"아악!"

가희는 쓰러진 비단 더미에 깔린 진을 뒤에 두고 옷을 추스르고 포목점 창고를 빠져나갔다. 비단 더미에서 나온 진은 가희가 사라진 것을 알고는 어금니를 꽉 깨물었다.

06

진은 자신의 방 뒷마루에서 향낭이 있었던 허리춤을 만지며 불안한 듯 서성였다. 향낭이 없어진 것이 밝혀지면 자신의 목숨까지 위태롭다. 진은 덜컥 겁이 났다. 어떻게든 찾아야만 했다. 진이 신발을 신으려 하자 빗자루를 들고 있던 노비 영감이 부리나케 달려와 댓돌 위에 신발을 돌려놓다가 그만 한 짝을 떨어뜨리고 말았다.

"너 뭐 하는 거냐?"

진이 얼굴이 일그러뜨리며 말했다.

"죄송합니다. 쇤네가 그만."

영감은 허리를 숙이며 송구스럽다는 미소를 지었다. 그는 재빨리 떨어진 신발을 주워 먼지를 털었다.

"야! 웃어?"

진이 몹시 기분 나쁜 듯 나무랐다.

영감은 화들짝 놀랐다.

"네? 아닙니다, 대감마님."

연신 굽실거리며 웃는 영감의 얼굴에 주름이 짙게 패어 있었다. 영감은 진의 눈치를 보며 머리를 조아렸다. 진의 심기가 불편한 것을 알아차린 영감은 조심스럽게 진의 신발을 바로 놓았다. 진은 신발을 신자마자 영감을 발로 찼다.

"어이쿠!"

영감이 푹 쓰러졌다.

"웃어? 웃어? 이게 어디서 감히!"

진의 발길질은 계속됐다. 집안 노비들이 시끄러운 소리를 듣고 모여들었다. 하지만 어느 한 사람도 말리지는 못했다. 진은 영감의 등과 가슴팍, 얼굴을 가리지 않고 마구 차고 밟아댔다.

"무슨 짓이냐!"

민재의 서슬 퍼런 호통이 들렸다.

"이놈이 제 신발에 흙을 묻혀놓고 웃질 않겠습니까!"

진이 씩씩거렸다.

민재는 노비 영감을 내려다봤다. 머리가 풀리고 입가에 피가 터졌지만, 여전히 송구스럽다는 미소를 짓고 있었다.

"예, 나리, 제가 잘못했습니다. 다 제가 잘못했습니다. 잘못했습니다, 나리."

"들으셨죠? 제가 잘못한 게 아닙니다!"

영감이 바닥에 넙죽 엎드렸다. 죽을죄를 지은 것처럼 땅바닥을 향해 고개를 파묻었다. 민재는 그런 영감을 애잔하게 바라봤다.

"할아범은 네가 강보에 싸여 있을 때부터 네 수족처럼 움직인 자다."

진의 얼굴에는 변화가 없었다.

"따라와라!"

민재가 노기 서린 음성으로 말했다.

"아, 아버님."

진은 민재의 뒤를 따랐다.

민재를 따라가던 진은 멀리서 자신을 보는 가희와 눈이 마주쳤다. 가희는 이를 악물고 경멸하듯 냉랭하게 진을 바라봤다.

'버러지 같은 자식.'

가희는 마음속으로 욕을 퍼부었다. 몇 년 전 그를 죽이지 못한 것이 천추의 한으로 남았다. 가희는 진과 처음 부닥쳤던 그

135

날의 일이 떠오르자 치를 떨었다. 치욕스러운 장면들이 눈앞에서 벌어지듯 생생하게 펼쳐졌다. 가희는 약초를 캐 저잣거리에서 팔고 있었다. 진은 그런 가희를 음흉스럽게 쳐다보았다. 그리고 사당으로 꾀어내어 쓰러뜨리고는 무참히 겁간했다. 가희는 그때 탐욕과 흥분으로 번들거리던 진의 눈빛을 한 번도 잊은 적이 없다. 참혹한 일을 겪은 가희는 며칠 동안 자리에서 일어나지 못했다. 그녀는 몸이 많이 상했다. 하혈을 쏟아내며 허리가 끊어지는 듯한 고통을 참아내야 했다. 가희의 어머니는 이 일을 고변하러 갔다가 오히려 변고를 당했다. 문밖으로 내팽개쳐지고 계단에서 굴러떨어졌다. 머리가 깨지고 얼굴과 온몸이 피투성이가 되어 집으로 실려 왔다. 가희는 몸을 일으키지도 못하고 그 옆에 누운 채 피눈물을 흘리며 절규했다.

　　진은 뒷마당에서 목검을 든 채 바닥에 나뒹굴었다. 그 앞에는 민재가 목검을 들고 서 있었다.

"일어나라."

민재는 칼을 다잡으며 단호하게 말했다.

"아버님, 왜 이러십니까."

진은 잔뜩 겁을 먹어 몸을 둥글게 말았다.

"일어나라 했다!"

민재의 목소리에는 노기가 서려 있었다.

진은 마지못해 일어나 부들부들 떨며 목검을 들고 어설픈 자세를 취했다.

"막아라!"

민재가 목검을 휘둘러 진의 어깨와 허리, 다리를 사정없이 때렸다. 진은 한 번도 제대로 막아내지 못하고 두들겨 맞으며 비명을 지르다 또다시 바닥에 쓰러졌다.

"일어나라, 어서!"

"아버님."

진은 억울한 듯 그 자리에 주저앉아 민재를 올려다봤다.

"일어나라고 했다."

민재는 요지부동이었다. 이때 경순공주가 허겁지겁 달려와 무릎을 꿇었다.

"아버님, 모두 저의 불찰입니다. 그러니 저를 꾸짖어주십시오."

"공주는 비키시오. 부자간 훈육 중입니다."

경순공주는 무릎을 꿇고 움직이지 않았다.

"어서 일어나라!"

민재가 진을 다그쳤다.

"지아비를 제대로 모시지 못한 제 덕이 부족한 탓이니, 저를 꾸짖어주십시오."

경순공주가 애타는 목소리로 부탁했다.

"공주가 낄 일이 아니오!"

민재의 목소리에는 흔들림이 없었다.

이때 할멈을 대동한 정씨 부인이 뒷마당으로 들어왔다.

"이게 무슨 소란이랍니까? 대감, 고정하세요!"

정씨 부인이 민재를 노려보며 말했다.

"어머니."

진은 정씨 부인을 보며 애원했다.

정씨 부인이 민재 앞을 막아섰다.

"아들이기 앞서 이 나라의 부마입니다. 아랫것들 볼썽사납게 이게 무슨 행동이십니까?"

정씨 부인이 민재를 쏘아붙였다.

"부인이 이리 감싸고만 도니, 수족을 함부로 대하고, 제 손으로 칼 한 자루 제대로 못 쥐면서 시정잡배들과 어울려 다니는 것 아니오!"

"보셨습니까? 제가 시정잡배와 어울려 다니는 걸 보셨느냐 말입니다! 원치도 않는 부마 자리에 앉혀놔 벼슬길도 다 막아놓고, 저한테 뭘, 뭘 어떡하란 말입니까? 그러니 더 이상 저에게 이래라저래라 하지 마십시오!"

진이 악다구니를 부리더니 자리를 박차고 뛰쳐나갔다.

"서방님!"

경순공주가 진을 쫓아 달려 나갔다.

민재는 차가운 눈빛으로 정씨 부인을 노려봤다. 정씨 부인 또한 잡아먹을 듯이 민재를 노려보았다. 가희는 멀찍이서 묘한 표정으로 이 광경을 지켜보고 있었다.

민재와 정씨 부인이 방 안에 마주 앉았다. 북풍한설을 불러일으킬 듯 차가운 기운이 둘 사이에 흘렀다.

"친자가 아니라 그리 함부로 하시는 겁니까?"

정씨 부인이 작심한 듯 입을 열었다.

"진정 그리 생각하시오?"

민재가 어이없다는 듯 정씨 부인을 보고 되물었다.

"그렇지 않다면 대감이 지금 그리 역정을 낼 까닭이 없지 않습니까?"

정씨 부인은 화를 누르지 않고 쏘아붙였다.

"나는 단 한 번도 진이를 그리 생각한 적 없소. 그렇게 생각하는 부인의 태도가 더 문제 아니겠소!"

민재가 타이르듯 말했다.

"저도 낯이 있어 뭐라 하지 않았지만, 기첩 년 치마폭에 둘러싸인 대감이 그리 말하니 우습군요. 제가 대감에게 뭐라 한 적 있습니까? 다른 것은 다 참아도 내 아들에게 그러는 건 못 참습니다! 누구 덕에 여기까지 왔는지 정녕 잊으셨단 말입니까?"

정씨 부인이 노기를 쏟아내며 말했다.

민재가 서글픈 눈빛으로 정씨 부인을 훑었다.

"그게 누구를 위함이었는지 물어도 되겠소?"

민재가 물었다.

"……."

할 말이 턱 막힌 정씨 부인은 아무 대답이 없었다.

민재는 야멸차게 방을 나가버렸다. 정씨 부인은 황망함을 애써 진정시켰다.

경순공주는 자신의 방을 둘러봤다. 방에 있는 모든 것들이 자기 것이 아닌 것 같았다. 심지어 입고 있는 옷마저 자기 것이 아닌 것 같아 심란하기 그지없었다. 진이 뱉은 말이 가시처럼 그녀의 목 언저리에 걸려 있었다.

140

'원치도 않는 부마 자리.'

진은 분명히 그렇게 말했다. 경순공주는 그 말을 아무리 지우려 해도 지워지지 않았다. 문밖에서 기척이 들렸다.

"가희옵니다. 들어가도 되겠습니까?"

"들어오거라."

가희는 경순공주 앞에 마주 앉아 그녀의 표정을 살폈다. 경순공주는 꺾어놓아 시들어버린 꽃 같았다.

"공주마마가 염려되어 왔습니다. 괜찮으신지요?"

가희가 공손하게 말했다.

"못 볼 꼴을 보여, 마음이 좋지 않구나."

경순공주의 대답에 힘이 없었다.

"그런 말씀 마십시오. 한성위 대감은 괜찮으십니까?"

가희가 짐짓 물었다.

"그 길로 외출하셨네."

경순공주가 깊은 한숨을 토해내며 말했다. 그리고 눈가에 맺힌 눈물을 닦았다.

"답답한 마음 저에게라도 쏟아내십시오."

가희가 위로하듯 말했다.

"아니다. 내가 무슨 할 말이 있겠느냐. 때에 따라, 세상이 알아야 할 이야기가 있고 나만 알아야 할 이야기도 있는 법 아닌가. 그러니 오늘 일은 잊어주었으면 하네.”

경순공주가 슬픔을 삭이며 말했다.

“그리하겠습니다.”

가희의 목소리가 한없이 따뜻했다.

경순공주가 다가와 가희의 손을 꼭 잡았다. 경순공주의 손에서 차가운 기운이 느껴졌다.

“이렇게 왔으니 밤새 말벗이나 되어주게. 보부상은 만났는가?”

“예. 그 뒷이야기를 듣고 왔습니다.”

경순공주의 얼굴에 약간의 화색이 돌았다. 그녀는 자세를 고쳐 앉더니 호기심 어린 얼굴로 가희와 눈을 맞췄다.

“그래, 그 기녀는 어찌 됐는가?”

가희는 기억을 더듬는 듯 눈을 감았다.

“그다음 이야기가 어떻게 됐냐 하면…….”

가희의 어머니가 피투성이가 되어 실려 온 지 며칠 후 가희는 간신히 자리를 털고 일어났다. 약초를 캐지 않으면 어머니의 약값을 댈 여력이 없었기 때문이었다. 가희는 어머니의 만류를 뿌리치고 집을 나섰다. 가희가 대문을 지나는데 한 남자가 자신을 불러 세웠다. 진이었다. 가희는 진의 얼굴을 보자 치가 떨렸다. 약초를 캐려고 챙겨뒀던 칼을 꺼내 그를 찔러 죽이고 싶었다. 진은 가희를 보자 웃으며 다가왔다.

"어머니 약값이 없다는 소리를 들었다."

진의 목소리는 한없이 느글거렸다.

가희는 머리 꼭대기까지 화가 치밀었다. 그녀가 칼을 꺼내려고 할 때 진이 입을 열었다.

"내가 좀 빌려줄 수도 있는데. 이 정도면 걱정 없이 어머니 약을 살 수 있을 거야."

진이 가슴께에서 묵직한 돈주머니를 꺼내며 말했다.

그는 비루한 웃음을 흘리며 돈주머니를 흔들다가 열어 보였다. 은화가 짤랑짤랑 소리를 내며 가희의 눈앞에서 반짝거렸다.

몇 시간 후 진은 옷을 추스르며 가희의 집 헛간을 나갔다. 헛간 안에서는 허망한 표정의 가희가 옷을 걸쳐 입으며 일어났다. 그녀는 진이 던지고 간 은화를 주섬주섬 챙겼다. 진이 가희의 집 대문을 나설 때 담장 밖에는 정씨 부인이 탄 화려한 가마가 서 있었다.

가희는 경순공주에게 이야기를 들려주다 말고 고개를 흔들었다. 그녀는 다시 마음을 다잡았다.

"그 일을 알게 된 양반의 어미가 일을 사주하였는데……."

가희는 일어나 앉지도 못해 누워만 있는 어머니에게 약을 사 오겠노라고 하면서 집을 나섰다. 그때 가희는 한 사내가 그녀의 집 주변을 서성이는 것을 미처 보지 못했다. 사내는 집 뒤로 가서 창문을 빼꼼히 열어 방 안에 사람이 누워 있는 것을 확인했다.

"심부름하던 자가 기녀의 어미를 기녀로 착각하였더랍니다."
가희가 몹시 괴로운 표정으로 이야기를 이어갔다.

사내는 가희의 어머니가 누워 있는 방에 불을 놓았다. 사내 가 집을 빠져나오자 불길은 하늘을 향해 치솟았다. 순식간에 가 희의 집이 잿더미가 되었다. 정씨 부인은 멀찍이 서서 처음부터 끝까지 이 광경을 지켜봤다.

"이런, 이런. 그리되어도 슬픈 이야기 아니냐."
경순공주가 이야기를 듣다가 안타까운 얼굴로 가희를 바라 봤다.

"그렇지요."

"그런데 어찌 착각하였을꼬?"

"하늘의 뜻이 아니겠습니까."

가희는 쓸쓸한 미소를 지었다.

"그 어미가 딸 대신 죽은 것이로구나."

경순공주가 깊게 한숨을 쉬었다.

가희의 눈빛이 흔들렸다. 아무것도 모른 채 그저 지어낸 이야기라 믿고 있는 경순공주가 안쓰럽게 느껴지기도 했다. 하지만 그녀의 남편과 시어머니가 벌인 참담한 짓을 생각하면 끔찍한 생각마저 들었다.

"공주마마라면 이 이야기를 어떻게 끝내시겠습니까?"

가희의 목소리에는 한이 서려 있었지만, 경순공주는 이것을 알아차리지 못했다.

"너무 마음 아픈 이야기라 지금은 딱히 떠오르는 것이 없구나."

"그럼, 이번엔 마마께서 재미난 이야기를 해주십시오."

"재미난 이야기라……, 그래. 내 경신일에 궁에 들어가서 이야깃거리를 구해보겠네."

"좋습니다. 경신일이니 분명 재미난 일이 있겠지요."

경순공주가 말한 경신일은 패망한 고려의 풍습이었다. 달리 경신수야庚申守夜라고도 한다. 사람 몸에 기생하는 '삼시충'이 경신일에 사람이 잠들면 외출해 옥황상제에게 몸 주인의 죄를 일러바친다고 하여 양인들은 60일에 한 번씩 오는 경신일마다 밤새워 놀았다. 삼시충이 옥황상제에게 몸 주인의 죄를 고하면 그 사람은 수명이 줄어드는 벌을 받는다는 게 세간의 믿음이었다. 그래서 밤새워 술 마시고 놀면서 삼시충이 빠져나가지 못하게 했다. 이 풍습은 왕가에도 그대로 이어졌다.

제4부

이

 정도전의 집 마루에서 딱! 하고 장기 말 움직이는 소리가 울렸다. 정도전과 정안군이 마주 앉아 장기를 두며 술을 마시는 중이었다.

 "이리 마주한 게 얼마 만인지 모르겠습니다."

 정도전이 애써 불편한 기색을 감추며 말했다.

 "그렇지요. 소싯적엔 아제, 아제, 하고 따르면 귀여워해주시고 이렇게 장기도 가르쳐주시곤 했는데."

 정안군이 벙글벙글 웃으며 말했다.

 "그랬지요. 그때의 군께선 참 맑은 눈동자를 갖고 계셨던 걸로 기억합니다."

정도전도 미소를 지으며 말했다.

이때 딱! 소리를 내며 정도전이 정안군의 말을 잡았다. 정안군이 씁쓸히 웃었다. 그는 장기 말 하나를 집어 들어 빙글빙글 돌리더니 딱! 소리와 함께 정도전의 말을 잡았다. 정도전은 피식 웃었다.

"그래, 이 늙은이에게 무슨 볼일이 있어 찾아오셨습니까?"

정도전이 하고 싶던 말을 꺼냈다.

"일전에 삼군부사가 찾아왔길래 궁금한 것을 물었는데, 아직 답을 못 들어서요."

정안군은 장기판을 이리저리 살피며 말을 이어갔다.

"그래서 내 직접 대감을 뵙고 여쭈러 왔습니다. 왜 하필 이 시국에 진법훈련을 하는 겁니까?"

"요동을 정벌하고 대조선제국을 세울 것입니다."

정도전이 자못 진지하게 대답했다.

그러자 정안군이 웃음을 터뜨렸다. 정도전은 황망한 얼굴로 정안군을 바라봤다. 정안군은 웃음을 참는 시늉을 했다.

"그 얘기 언젠가 많이 들어본 것 같아서……."

아직 웃음기가 가시지 않은 목소리로 정안군이 말했다.

"무슨……?"

정도전은 어리둥절해했다.

고개를 숙이고 있던 정안군이 얼굴을 쳐들고 정도전을 똑바로 바라봤다.

"요동을 정벌하러 갔다가 다시 돌아온 얘기 말입니다."

정안군이 정도전을 빤히 쳐다보며 말을 던졌다.

"말씀이 지나치십니다! 하면, 이 삼봉이 다른 마음을 품고 있다는 말입니까?"

정도전이 발끈했다.

"흥분하지 마십시오. 언제 그런 얘길 했습니까? 그저 여쭈러 왔다지 않습니까."

정안군이 연신 벙글벙글 웃어댔다. 정도전은 간신히 마음을 다잡아 평정심을 찾았다.

"대감께선 어찌 왕보다 재상의 권한이 많아야 한다 생각하십니까?"

정안군이 질문을 던졌다.

"왕은 바꿀 수 없지만, 재상은 바꿀 수 있기 때문입니다. 부패한 왕이 나라를 어떻게 피폐하게 만드는지 전 왕조를 통해 보셨지 않습니까?"

정도전이 거침없이 대답했다.

"부패한 왕이 아니라 부패한 재상이 왕의 눈과 귀를 막아 그리된 것 아닙니까?"

정안군이 시험하듯 딴죽을 걸었다.

"그런 간신배들을 막고 백성의 안위를 위해 재상정치를 펼쳐야 하는 것입니다."

정도전은 한 치도 물러서지 않았다.

"그럼 결국 재상 자리를 차지하기 위해 붕당만 초래할 것 아닙니까? 오히려 더 잦은 권력 다툼으로 백성들만 피폐해지지 않겠습니까?"

정안군은 계속 몰아붙였다.

"그래서, 왕권이 더 강해야 한다는 말을 하고 싶어서 이곳에 찾아오신 겁니까?"

정안군의 도발에 정도전은 애써 평정심을 찾으려 노력하며 말했다.

정안군이 정색했다.

"아, 아닙니다. 이런들 어떻고 저런들 어떻습니까. 결국은 말놀음. 만수산 드렁칡처럼 서로 얽혀 백 년 누리기가 참으로 어렵습니다."

정안군이 딱! 소리를 내며 장기 말을 내려놓았다.

"장입니다."

정안군은 안광을 번뜩이며 입가에 미소를 띠었다. 정도전은 눈에 힘을 주고 버텼지만, 장기 말을 움켜쥔 그의 손이 부들부들 떨렸다.

다음 날 정도전은 날이 밝기를 기다렸다는 듯 아침 일찍 궁으로 향했다. 그는 태조에게 고했다.

"사냥과 격구를 핑계 삼아 사병을 키우는 무리가 있습니다. 이를 반드시 엄벌하고, 군 기강을 바로잡아 나라의 근본을 바로 세워야 할 것입니다."

함께 있던 하륜과 조영규가 반발했다.

하지만 태조는 정도전의 손을 들어주었다.

"오늘부터 모든 이에게 사냥과 격구를 금할 터이니, 그에 쓰이는 모든 무기와 말을 압수토록 하라. 또한, 삼군부사가 직접 이 일을 맡아 하고 항명하는 자는 대역죄로 처벌하라."

태조가 추상같은 어명을 내렸다.

민재는 궐에서 나오자마자 말을 몰아 정안군의 사냥터로 향했다. 정자에서 사냥을 준비하던 정안군은 멀리서 민재가 말을 몰고 오는 것을 보고는 손을 흔들었다.

"오늘도 함께 사냥을 하러 왔소?"

다가오는 민재를 향해 정안군이 웃으며 말했다.

민재는 심각한 표정으로 고개를 저었다.

"주상 전하의 명을 전달코자 이리 찾아뵈었습니다. 이동에 필요한 최소한의 말만 남겨두고, 모든 말은 삼군부에 귀속되오며 사냥과 격구 또한 금하신다 하옵니다."

민재가 정안군에게 다가가 말했다.

민재의 말을 들은 정안군은 매서운 표정으로 민재를 쏘아봤다. 그는 그러다가 어이없다는 듯 웃었다.

"하하. 뭐라 하셨는가? 무얼 금한다고?"

정안군은 자신이 무엇을 잘못 듣기라도 했다는 듯 되물었다.

"사냥과 격구를 금하셨습니다."

민재가 담담히 대답했다.

"나? 나에게, 금하신 건가."

정안군은 자신을 가리키며 말했다.

"아닙니다. 모든 이에게 금하셨습니다."

민재가 사무적으로 대답했다.

"언제까지 금하신다 하셨는가?"

"그에 대한 명은 없으셨습니다."

"그래서 삼군부사께서 직접 그 말을 전하러 여기까지 오신 겐가?"

정안군이 비아냥거리듯 물었다.

민재는 말없이 목례로 답했다.

"최소한의 말만 남겨두고 모든 말은 삼군부에 귀속시키라. 사냥과 격구를 금한다."

정안군이 주변을 향해 명령하듯 말했다. 그러고는 혼잣말을 이어갔다.

"아바마마가 어찌 이리 약해지셨을꼬. 늙은 구렁이 때문인가, 어린 세자 때문인가."

민재는 대답하지 않았다. 정안군은 혀를 끌끌 차며 웃었다.

"어떤 말을 남겨둘지 정해도 되겠는가?"

"그리하십시오."

"고맙네."

말을 마친 정안군은 말들이 열을 지어 묶여 있는 곳으로 걸어갔다. 그리고 갑자기 칼을 빼 들더니 말의 목을 하나씩 베기 시작했다. 말이 울부짖는 소리가 끔찍하게 울려 퍼지고 사방에 말의 피가 튀는 아비규환이 되었다. 하나둘 쓰러지는 말의 사체 뒤로 피를 뒤집어쓴 정안군의 얼굴이 보였다. 그 얼굴은 섬뜩한

광기와 희열로 가득 차 있었다. 정안군은 자신이 타던 말만 남겨두고 다른 말은 모조리 죽였다. 민재는 어금니를 꽉 다물고 이것을 지켜봤다.

정안군은 피투성이가 된 얼굴로 눈을 희번덕거렸다.

"자! 내가 가진 말이라고는 이것 한 마리뿐이라, 자네에게 내어줄 말이 없네."

정안군은 민재를 바라보며 이를 드러내어 웃었다. 아직 숨이 남은 몇 마리의 말이 허공을 향해 발길질을 해댔다.

02

세자가 진지한 표정으로 활시위를 당겼다. 턱! 소리와 함께 화살판에 화살이 꽂혔다. 하지만 과녁과는 거리가 멀었다.

정안군이 경복궁 안의 활터에서 이제 막 열 살이 된 세자에게 활쏘기를 가르치는 중이었다.

"또 실패입니다."

세자는 과녁을 확인하고 실망한 듯 말했다. 정안군이 인자하게 웃었다.

"자, 다시. 허리를 세우고 어깨를 당기셔야 합니다."

세자가 다시 한 번 활을 쏘았다. 화살은 화살판에 꽂혔지만 여전히 과녁과 떨어진 곳이었다.

"저도 어서 빨리 형님들처럼 활을 잘 쏘고 싶습니다."

세자가 낙심하여 한숨을 쉰 후에 말했다.

"저하께서도 아바마마를 닮으셨다면, 금방 실력이 좋아지실 겁니다."

정안군이 공손히 말했다.

"주상 전하 듭시오."

상선이 태조의 행차를 고했다.

활터로 들어서던 태조와 정도전은 정안군을 보자 얼굴이 굳어졌다.

"아바마마."

세자가 뛰어가 태조에게 읍했다.

"활쏘기 연습은 많이 했느냐?"

태조가 자애롭게 물었다. 그리고 세자 곁에 있던 정안군과 눈이 마주쳤다.

정안군은 의뭉스러운 미소를 지으며 읍했다.

"아직은 형님의 발끝도 못 가는 실력입니다."

세자가 말했다.

"아직은 어려서 그렇다. 크면 네 형보다 훨씬 잘할 게다."

태조가 웃으며 말했다.

"얼른 연습해서 형님처럼 잘 쏘고 싶습니다."

세자가 천진한 표정으로 말했다.

"세자마마, 제가 좀 도와도 되겠습니까?"

정도전이 세자 곁에 다가가며 말했다.

세자는 다시 활쏘기 연습을 시작했다. 조용히 정도전이 그 곁을 지켰다.

정안군과 태조는 멀찍이 서서 그들을 바라봤다.

"부르기 전에는 들지 말라 했을 텐데."

"아무리 그렇다고 세자 저하 생일을 그냥 지나칠 수가 있겠습니까. 좋은 각궁이 생겨 이렇게 진상하러 왔습니다."

정안군이 너스레를 떨면서 말했다.

태조는 헛기침을 했다. 정안군은 활쏘기 연습을 하는 세자를 살폈다. 각궁을 당기는 세자의 자세가 영 불안하기만 했다. 정안군은 낮은 한숨을 쉬었다.

"연유가 무엇입니까?"

정안군이 태조를 향해 물었다.

"무엄하다!"

태조가 불같이 화를 냈다.

"필요할 땐 손에 피를 묻게 하시더니, 지나고 나니 손에 피 묻은 놈은 필요가 없어진 것이겠지요."

정안군이 대들듯 따져 물었다.

"네 이놈!"

태조의 고함이 활터에 쩌렁쩌렁 울렸다.

그 소리에 놀란 세자와 정도전이 활쏘기를 멈췄다. 세자는 정안군 쪽을 바라봤고, 정도전은 태조의 심기를 살폈다.

정안군이 세자 쪽을 보며 미소를 지었다.

"노여움 거두시지요. 세자 저하께서 놀라시잖습니까."

정안군은 씩 웃었다.

태조는 정안군의 기분 나쁜 미소를 보며 부들부들 어깨를 떨었다.

"정안군을 만만히 봐서는 안 됩니다."

정도전의 집무실에서 나지막한 목소리가 흘러나왔다. 정도전과 김민재, 남은, 심효생이 밀담을 나누는 중이었다.

"이런 식으론 그를 막을 수 없습니다. 자칫하다간 먼저 당하겠습니다."

남은이 걱정스럽게 말했다.

"그럼 당장 우리부터 위험한 것이 아닙니까? 그 손에 죽으려

160

이 나라를 세운 게 아니잖습니까?"

심효생이 어두운 얼굴로 거들고 나섰다.

"요동으로 떠나기 전에, 정안군을 먼저 해치워야 할 것입니다."

남은이 의미심장한 말을 던졌다.

"때가 중요한 것 아닙니까."

정도전은 눈을 감고 생각에 빠져 있었다.

"경신일!"

정도전이 눈을 번쩍 뜨며 말했다. 남은과 심효생이 무릎을 치며 감탄했다.

"잔치판에 모두가 밤을 새우고 아침에 자니, 주상 전하께서 오후에 기침하실 때면 모든 상황을 끝낼 수 있을 겁니다."

남은이 말했다.

"성공할 수 있을까요?"

심효생은 말없이 묵묵히 이야기를 듣고 있는 민재를 쳐다보며 말했다.

"삼군부사의 칼끝에 달린 문제겠지."

정도전이 민재를 보며 말했다.

정도전과 대신들은 굳은 표정의 민재를 바라봤다.

대신들이 자리를 떠나는 동안에도 민재는 깊은 명상이라도 하듯 입을 닫고 있었다.

"지금이 아니면 저들을 막을 수 없다. 짐승을 사람으로 키워 준 이가 누구인가. 은혜를 갚아야 하지 않겠나? 전하와 나를 위해 목숨을 내걸어야 할 것이야."

정도전이 민재를 다그쳤다.

호롱불을 보는 민재의 눈빛이 예사롭지 않게 번뜩였다.

취향루 밀실에는 하륜과 정안군이 마주앉아 있었다. 그들의 표정에서 삼엄한 기운이 흘러나왔다.

"때가 된 것 같습니다."

하륜이 무겁게 입을 뗐다.

정안군은 엷은 미소를 띠며 고개를 끄덕였다.

"경신일!"

정안군이 무릎을 탁 치면서 말했다.

"모두가 밤을 새워 축제를 즐길 테니, 그 혼란을 틈타 일을 벌이면 되겠습니다. 늙은 구렁이와 그 새끼들도 입궐할 것이니 사냥하기에 딱 좋겠습니다."

하륜이 반색을 하며 말했다.

문밖에서 기척이 들렸다. 하륜이 경계하는 눈빛을 띠며 자리에서 일어났다. 그러자 정안군이 하륜을 붙잡았다.

"내 사람이네. 자네는 좀 물러나 있게."

하륜이 나가고 이어서 가희가 들어왔다. 그녀는 상 위에 붉은 향낭을 놓고는 그 앞에 앉았다.

"주상 전하가 부마에게 내린 향낭이옵니다."

가희가 입을 열었다.

정안군은 향낭을 보며 크게 웃었다. 그는 흡족한 표정으로 상 위의 향낭을 들어 이리저리 살폈다.

"너와 내가 뜻을 모았던 일을 이룰 때가 서서히 되어가는구나."

정안군이 진지한 표정으로 말했다.

"미리 연통을 드리겠습니다."

가희의 말에도 비장함이 배어 있었다.

"알겠다. 나머지는 내가 모두 처리할 테니, 너는 네 할 일만 하거라."

정안군이 의연한 음성으로 말했다.

"조금이라도 지체되어서는 안 될 것입니다."

가희가 염려스러운 듯 부탁했다.

"네 계획이 실행되면, 그 집안이 몰락함과 동시에 이 나라의 군부는 마비될 것이다. 그럼, 나는 너와 약조한 대로 부마의 목을 줄 수 있게 된다."

정안군이 눈에 힘을 주며 말했다.

"하면 삼군부사는 어찌 되옵니까?"

가희가 정안군에게 물었다.

"부마의 목이 떨어져 나가면, 김민재 또한 성치 않을 것이다. 부마를 비롯하여 그 어미까지, 집안이 풍비박산 나길 원했던 것은 너였지 않느냐?"

정안군은 뜻밖이라는 듯 가희에게 되물었다.

가희는 굳게 입을 다물었다.

가희가 정안군을 만난 것은 그녀가 수련 기녀였을 때였다. 정안군이 권력에서 밀려나 매일같이 취향루에 들러 술판을 벌이던 당시였다. 그날 가희는 다른 수련 기녀들과 함께 춤을 추었다. 그녀는 강렬한 눈빛을 빛내며 춤에 몰입했다. 정안군이 멀리서 매향의 수발을 받으며 이를 지켜봤다.

정안군은 가희를 밀실로 불렀다. 정갈하게 차려입은 가희는 정안군을 향해 큰절을 올렸다.

"네 뜻을 이루기 위해 꽃이 되어 나비를 꾀어낼 수 있겠느냐?"

정안군이 물었다.

가희는 대답 대신 복수와 증오로 가득 차 있는 자신을 내보였다. 정안군은 그런 가희의 옷고름을 풀었다. 가희는 자신을 짓밟고 어머니를 화마에 묻은 이들에게 복수하기 위해 정안군의 야망에 몸을 던진 것이었다.

정안군은 향낭을 유심히 지켜보다가 가희에게 다가가 그녀의 얼굴을 정면으로 바라봤다. 정안군은 가희의 눈빛이 달라졌음을 알아차렸다. 분명히 그녀는 흔들리고 있었다. 정안군은 능글맞게 웃으며 가희의 희고 여린 귓바퀴를 쓸어내렸다.

"밤이 늦었습니다."

가희가 얼굴을 살짝 돌려 정안군의 손길을 피하며 말했다.

"물러가겠습니다."

가희가 자리에서 일어나며 말했다.

"가희야."

정안군이 가희를 불러 세웠다. 그는 향낭을 유심히 보며 말했다.

"나비의 몸짓에 취해 향을 잃은 모란꽃은 참으로 측은하구나."

가희는 잠시 정안군을 보다가 조용히 밀실 문을 닫고 사라졌다. 정안군은 가희가 나가는 것을 묘한 표정으로 바라봤다. 가희는 문밖에 서서 품속의 노리개를 꺼냈다. 그날 함께 밤을 보낸 정안군은 가희에게 노리개를 건넸었다. 가희는 붉은 모란꽃이 수놓인 노리개를 쓰다듬었다.

'지금부터 그게 바로 네 어미이고 네 본분이다. 네 어미가 어떻게 죽었는지를 절대로 잊어선 안 될 것이다. 알겠느냐?'

정안군이 했던 말이 가희의 귓가에 맴돌았다.

그 시각 민재는 삼군부 막사에 앉아 어검을 꺼내 들었다. 그는 이글거리는 화톳불 앞에서 불빛을 반사하며 번쩍거리는 어검을 찬찬히 쓰다듬었다.

03

정도전의 집에 지체 높은 부인들이 모였다. 정씨 부인이 청한 것이다. 다과상을 앞에 둔 부인들이 서로의 옷차림을 눈여겨보며 담소를 나누었다. 정씨 부인은 평소보다 더 화려하게 차려입고 가운데 자리에 도도하게 앉아 있었다.

"들기론 이 집에 재주 많은 계집이 한 명 있다고 하던데요."

부인 하나가 재밌다는 듯 말했다.

"오랜만에 이리 모였으니, 말 나온 김에 우리, 재미있는 구경이나 하시죠."

정씨 부인이 입가에 웃음을 머금고 말했다. 그리고 문 앞의 할멈에게 눈짓했다.

"모셔 왔습니다."

정씨 부인 방의 중간 문이 열리자 그곳에 가희가 앉아 있었다. 부인들이 그런 가희를 구경하듯 이리저리 훑어보았다. 부인들은 목소리를 낮추어 쑥덕거렸다.

"귀한 손님들이 오셨으니, 네가 좀 기쁘게 해 드려야겠다. 니 잘난 그 춤 한번 춰보거라."

정씨 부인이 명령조로 말했다.

"그것은 곤란합니다. 부사 나리께서 기다리고 계시니, 이만 물러가겠습니다."

가희는 미소를 지으며 거절했다.

가희가 내뱉은 뜻밖의 말에 부인들이 술렁였다.

"하라면 할 것이지, 더러운 몸뚱이로 빌어먹던 것이 감히 누구 말을 거역해!"

가희가 자리에서 일어나려 하자 정씨 부인이 오만상을 찌푸리며 목소리를 높였다.

"더러운 몸뚱이야 씻고 분칠하여 가릴 수 있지만, 속이 썩으면 씻지도 도려내지도 못하지 않습니까."

가희가 차분한 어조로 미소를 지으며 말했다.

"뭐, 뭐라."

정씨 부인은 말문이 막혔다.

주변에서 누군가가 혀를 끌끌 차는 소리도 들렸다.

가희는 차분하게 자리에서 일어나 정씨 부인을 내려다봤다. 정씨 부인의 얼굴이 벌겋게 달아올랐다. 가희는 동요하지 않고 옅은 미소를 지으며 정씨 부인과 눈을 맞췄다. 부인들은 가희와 정씨 부인의 팽팽한 기 싸움을 지켜봤다. 가희의 눈빛에는 한 점의 흔들림도 없었다.

"소인이 비록 첩이오나, 이 집에 속한 사람입니다. 부사 나리께 누가 되는 일은 하지 않겠다 약조하였으니, 이만 물러가도록 하겠습니다."

가희는 정씨 부인과 부인들을 향해 반듯이 인사하고 마루를 빠져나왔다.

부인들은 가희에게 제대로 당한 정씨 부인의 눈치를 살폈다. 부인들 앞에서 망신당한 정씨 부인은 분기를 이기지 못해 이를 갈았다.

04

민재는 후원 정자에서 가희를 기다리고 있었다. 화려한 계절
이 머물다 떠나고 새로운 계절이 오는 게 느껴졌다. 봄이 저물
고 있었다. 휘황찬란한 꽃을 피웠던 나무들도 이제 다른 계절을
준비하고 있었다. 민재는 자신을 둘러싸고 있는 것들로부터 도
망치고 싶었다. 할 수만 있다면, 그렇게 할 수만 있다면. 하지만
민재를 둘러싼 벽은 높고 두터웠다. 누군가는 그게 운명이라고
했다. 어디서부터 잘못된 것일까. 그는 깊은 생각에 잠겼다. 그
러다 가희가 정자로 올라오는 것을 보고는 환하게 웃었다.

"얼굴에 수심이 가득하십니다. 무슨 말 못 할 고민이라도 있
으십니까?"

정자에 올라온 가희가 물었다.

민재는 아무런 대답도 하지 않았다.

"이리 곁을 내어주지 않으시니, 부사님을 지켜보는 제 마음이 괴롭습니다."

가희가 애절한 눈빛으로 민재를 쳐다보며 말했다.

"만약 내가 죽는다면, 너는 어찌하겠느냐?"

민재가 가희를 끌어당겨 품에 안으며 말했다.

가희는 민재의 얼굴을 물끄러미 바라봤다. 그의 얼굴에선 알 수 없는 기운이 흘렀다. 비장했지만 무엇인가를 초탈한 표정이었다. 마치 세상의 진리와 싸우다가 마침내 자신의 패배를 인정한 학자의 그것과도 같았다. 넘치던 자신감은 사라지고 없었고 가슴에 깊은 상흔을 남긴 것처럼 보였다.

"어찌 그리 말씀하십니까. 나리가 죽다니요. 무슨 일이기에 그러십니까?"

가희가 놀란 듯 말했다.

"오는 경신일에 한양을 나가 헤어진 어머니를 잠시 뵙고 오도록 해라."

민재의 목소리가 딱딱해졌다. 가희의 얼굴도 굳었다.

민재는 가희의 무거워진 표정을 살폈다. 가희는 그런 민재의

171

눈빛을 가만히 들여다봤다.

"갈 수 없습니다."

그녀가 고개를 저으며 말했다.

"무슨 말이냐?"

민재가 가희를 물끄러미 바라보며 물었다. 가희의 눈가가 촉
촉해져 있었다.

"헤어진 어머니는 이 세상 분이 아니십니다."

가희는 이내 울음을 터뜨릴 것만 같았다.

민재와 가희는 말을 타고 강변의 거리를 달렸다. 바람을 가르
며 한참을 달리던 민재가 말을 멈춰 세웠다. 절벽 아래로 강이
보였다. 강은 저녁을 준비하고 있었다. 물결은 잔잔해졌고 기력
을 잃은 햇빛이 일렁이며 반짝였다.

"저 강에 유골을 뿌렸느냐?"

가희는 말없이 고개를 끄덕였다. 민재는 말없이 예를 갖춰 강
을 향해 절을 올렸다.

"뭐 하시는 겁니까?"

민재를 보고 놀란 가희가 말했다.

민재는 별일 없다는 듯 재배했다. 가희의 마음이 요동쳤다.

그는 복수를 위해 파멸시켜야 할 집안의 가장이 아닌가. 그런 그가 가희의 죽은 어머니에게 머리를 조아리고 있다. 가희는 어찌해야 할지 막막했다.

"어찌 미리 말하지 않았단 말이냐."

절을 끝낸 민재가 말했다.

"제겐 너무 가슴 아픈 일이어서, 차마 말씀드릴 수가 없었습니다. 죄송합니다."

가희의 음성에 짙은 슬픔이 묻어났다.

"괜찮다. 네게 무슨 일이 있었건 그건 중요치 않다. 이렇게 같이 있는 것만으로도 나에겐 충분하다."

민재는 혼란스러워하는 가희를 당겨 꼭 끌어안았다.

가희의 마음이 흔들렸다. 그녀의 마음은 사나운 바다에서 풍랑을 만나 휩쓸리는 배처럼 갈피를 잡지 못했다.

"경신일에 큰일이 있을 것이다. 그 화가 너에게까지 미칠까 두렵구나."

민재가 가희를 안은 팔에 힘을 더하며 말했다.

"걱정하지 마십시오. 어떤 일이든 소녀는 두렵지 않습니다."

가희가 민재의 품에 기대며 속삭였다.

"그래. 내가 너를 지켜주마. 그 어떠한 위협에서도 반드시, 반드시 너를 지켜줄 것이다."

민재는 가희를 힘주어 껴안았다.

민재와 함께 말을 타고 강변을 달리던 가희가 집으로 돌아왔다. 가희가 앞마당으로 들어서자 순분이 황급히 그녀에게 달려왔다. 순분의 얼굴은 땀으로 범벅이 되어 있었다. 순분은 숨이 차서 말을 제대로 잇지 못하고 헉헉거리기만 했다. 그러면서 손으로 어딘가를 가리켰다. 순분이 가리킨 마당 끝에서는 정씨 부인이 부리는 하인들이 가희의 물건들을 쌓아놓고 모조리 불태우고 있었다. 민재가 빠른 걸음으로 불타고 있는 가희의 짐 더미 쪽으로 향했다.

"멈추어라."

민재의 목소리를 듣고 하인들이 머리를 조아렸다. 민재의 뒤를 따라 가희와 순분이 달려왔다. 정씨 부인은 팔짱을 끼고 불타는 가희의 짐 더미를 흡족하게 바라보고 있었다.

"뭐 하느냐! 어서 다 태우지 않고!"

정씨 부인은 민재의 말은 신경도 쓰지 않는 듯 불타는 짐만 쳐다보며 하인들을 재촉했다.

감정이 북받친 가희가 불 속으로 뛰어들려 했다. 그러자 순분이 그녀를 온몸으로 막았다. 하인들은 계속 가희의 물건들을 불 속으로 던졌다. 불더미 속에서 민재가 선물한 〈모란금계도〉가 타들어가고 있었다. 그 옆에 가희의 노리개도 보였다. 민재는 가희의 노리개를 건지려고 불섶으로 다가갔다.

"대감! 왜 이러십니까!"

정씨 부인이 민재를 막고 나섰다.

"비키시오!"

민재는 말리는 정씨 부인을 밀쳤다. 정씨 부인이 바닥에 쓰러 졌다. 민재는 기다릴 틈도 없이 활활 타오르는 불꽃 앞으로 걸 음을 옮겼다.

"나리, 위험합니다!"

뒤에서 가희가 소리쳤다. 민재는 주저 없이 불길 속으로 뛰어 들어갔다. 불을 붙이던 하인들도 바닥에 쓰러진 정씨 부인도 뒤 에서 지켜보던 가희도 놀라서 입을 다물지 못했다. 잠시 후 민 재가 노리개를 꺼내 들고 불 속에서 걸어 나왔다. 그는 담담히 가희의 손에 노리개를 쥐여줬다.

"미안하다. 다행히 끝만 조금 그을렸구나."

민재가 안타깝다는 듯 말했다. 그의 손이 불에 데어 빨개졌 다. 그러면서도 진심으로 미안한 표정을 거두지 않았다. 민재의 덴 손과 미안해하는 얼굴을 본 가희의 눈에서 뜨거운 눈물이 흘렀다.

가희는 살림살이라곤 하나도 없는 텅 빈 방에서 불에 덴 민재의 손을 꼼꼼하게 감쌌다. 그녀의 눈시울이 붉어졌다.

"왜 그러셨습니까?"

그녀가 울음기를 머금은 목소리로 물었다.

"어머니 유품이 아니더냐."

민재가 별일 아니라는 듯 담담히 말했다.

"이러시면……."

가희는 목이 메어 말을 잇지 못했다. 민재는 괜찮다며 그녀를 다독여 위로했다.

"저는……. 저는 어찌하란 말입니까?"

가희는 불에 덴 민재의 손을 꼭 잡았다.

"네게 해줄 수 있는 게 있다는 걸로 난 족하다. 더 해주지 못하는 것이 그저 안타까울 뿐이구나."

민재의 말이 따스하게 가희를 적셨다.

가희는 흐느껴 울었다. 마음 깊은 곳에서 어쩔 수 없는 진한 눈물이 터져 나왔다. 차갑고 메말랐던 민재의 손이 따뜻하게 느껴졌다.

'다시 처음으로 되돌릴 수 있다면.' 그녀는 생각했다. 취향루 누각에서 몸을 던지던 순간으로, 민재가 그녀를 구하던 그 순간으로 돌아갈 수만 있다면. 모든 것이 계획이었는데. 가희는 그 이후 모든 것이 잔혹한 복수로 결말을 맺는, 자신이 만들어낸 연극이라고 생각했었다. 하지만 이제는 아니었다. 복수해야 할 상대에게 마음을 주고 되려 자신의 가슴을 찢게 되다니.

민재는 어깨를 들썩이는 가희에게 다가가 입술을 맞추었다.

텅 빈 방 안에서 나신의 남녀가 서로를 뜨겁게 부둥켜안았다. 빛이 들지 않는 어둠 속에서 속살의 광택만이 반짝거렸다. 민재와 가희는 온몸에 느껴지는 감각에만 집중했다. 과거도 없고 미래도 없이 지금 주어진 시간만이 전부인 듯 강렬하고 깊은 탐닉으로 빠져들었다.

민재는 자신을 위해 몸을 던져 생긴 가희의 어깨 흉터를 애처롭게 쓰다듬었다. 그리고 자칫하면 깨지는 유리그릇을 다루듯 조심스럽게 가희의 나신을 만졌다. 한 곳 한 곳의 촉감을 모두 기억하겠다는 듯이 세밀하게 가희의 몸을 탐했다. 가희는 민재의 손길에 몸을 내맡기며 뜨거운 신음을 뿜어냈다.

가희도 민재의 몸을 어루만졌다. 민재가 그동안 겪어온 시간을 말하듯 그의 몸 곳곳에는 깊게 팬 흉터들이 자리 잡고 있었다. 가희에게 그 시간의 굴곡이 서럽게 다가왔다. 가희는 흉터에 담긴 아픈 기억들을 읽어낸 것처럼 애달픈 눈빛으로 민재를 바라보았다.

두 사람을 둘러싼 세상은 폭풍우 치는 바다와 같았건만 지금 이 순간만은 아랑곳하지 않았다. 그들에게는 흔들리는 작은 배 한 척이면 충분했다. 폭풍 속에서 둘은 서로에게 빠져들었다.

가희의 탐스러운 머리를 쓸어 올리는 민재의 두 손이 떨렸다. 단단한 그의 세계에 균열이 일어나는 것처럼. 가희는 그 손길을 느꼈다. 살아 있는 사람의 처연한 마음이 담긴 손길. 짙은 외로움이 전해졌다. 태초의 인간이 품고 태어난 지독한 외로움. 가희의 눈에서 주르륵 눈물이 흘러내렸다. 민재의 숨이 가빠졌다. 그녀의 눈물 때문이었다. 버티듯 삶을 부여잡은 사람의 어쩔 수 없는 비애가 느껴졌다. 민재는 잠시만이라도 그 서러운 운명을 잊고 싶었다.

민재의 입술은 가희의 목덜미를 타고 내려갔다. 민재는 고통과 두려움을 떨쳐내며 가희의 몸으로 파고들었다. 가희는 그런 민재를 뜨겁게 받아들였다. 가희의 살짝 벌어진 입술로 가는 탄성이 터져 나왔다.

격정이 지나가고 다시 고요가 찾아왔다. 민재는 가희의 무릎을 베고 잠들었다. 가희는 평온하게 눈을 감고 잠든 민재를 물끄러미 바라봤다. 그동안 한 번도 보지 못했던 그의 마음속 구멍이 보였다. 그는 이렇게 뻥 뚫린 마음으로 어떻게 지금까지 살아왔을까. 가희는 민재의 머리카락을 쓰다듬으며 그의 얼굴 구석구석 살폈다.

애처로웠다. 가희는 그가 애처로워졌다. 그게 그녀에게 맹독이 될 것임을 잘 알고 있지만 어쩔 수 없는 일이었다. 눈을 감은 민재의 얼굴이 애잔하게 그녀의 마음을 파고들었다.

민재가 눈을 떴다. 여전히 꿈을 꾸는 것 같은 얼굴이었다.

"꿈을 꾸었다."

민재가 몽롱한 듯 입을 열었다.

"무슨 꿈입니까?"

가희가 사랑스럽게 물었다.

"사람들이 모여 춤을 추었어. 그곳은……, 출신이나 귀천이나 남녀 구분 없이 모두 평등한…….."

민재는 천천히 꿈을 더듬었다.

"무릉인가 봅니다."

가희가 미소를 지었다.

민재는 고개를 끄덕였다. 그의 얼굴이 아득해졌다.

"살기 위해서 남을 해하거나 칼을 쓸 필요가 없는 곳 같았다. 그 속에서 너와 내가 사람들과 어울려 춤을 추고 있었구나."

민재는 꿈속을 떠나온 것을 아쉬워하는 것처럼 보였다.

"좋은 꿈이네요. 나리와 함께 그곳으로 가고 싶습니다."

가희의 말은 진심이었다.

민재가 손을 뻗어 가희의 어깨를 쓰다듬었다. 가희는 민재의 손길을 느끼며 눈을 감고 미소를 지었다.

"무슨 일이 있어도, 이 손을 놓지 않을 것이다. 너도 약조할 수 있느냐?"

민재가 가희의 손을 잡으며 말했다.

"네……."

가희는 민재의 눈을 바라보며 대답했다. 민재가 웃었다. 그 어느 때보다 행복한 표정이었다. 민재는 비스듬히 일어나 가희의 입술에 자신의 입술을 포갰다. 그녀를 떠나기가 아쉬운 듯 긴 입맞춤이었다.

홀로 남겨진 가희는 그을린 노리개를 만지작거렸다. 이불 위에는 민재의 온기와 체취가 아직 남아 있었다. 가희는 그 이불을 더듬으며 혼란스러운 마음을 주체하지 못했다.

자신도 모르는 사이에 울음이 터져 나왔다. 가희는 손으로 입을 막아 울음을 멈추려 했지만 부질없었다. 그 깊은 울음은 무엇으로도 막을 수 없었다. 가희는 민재가 떠난 빈자리에 얼굴을 파묻고 한참을 울었다.

창밖에서 시들어가는 모란꽃잎이 툭 떨어졌고 근처를 맴돌던 하얀 나비가 놀라 날아갔다. 영영 돌아오지 않을 것 같은 날갯짓이었다.

제5부

01

애꿎은 운명의 성패를 가를 시각이 점점 다가오고 있었다. 피할 수도 미룰 수도 없었다. 정안군 측과 정도전 측 양쪽 모두가 자신이 새로운 역사의 주인공으로 떠오르기 위해 사소한 계획 하나하나까지 촉각을 곤두세웠다.

이 승부에서 누가 이길지 아무도 알 수 없었다. 하지만 이 싸움에 모든 명운을 건 이들은 가슴을 옥죄는 불안에 하릴없이 떨 수밖에 없었다.

한편, 이 혈투가 자신에게 어떤 화를 불러올지 짐작도 못 하는 이가 있었다. 바로 진이었다. 그의 아버지 민재가 삼군부 훈련장 막사에서 작전회의로 여념이 없을 때, 진은 자신의 방 뒷마루에서 서찰을 보며 느글거리는 미소를 짓고 있었다.

경신일에 따로 은밀히 뵙고자 합니다.

가희가 보낸 서찰이었다.

"그럼 그렇지 제깟 년이 별수 있나. 경신일이라……."

진은 서찰을 접으며 헤벌쭉 웃었다.

정안군의 병사들은 사병 훈련장에서 실전을 위한 동작을 익히고 있었다. 정안군은 병사들의 훈련 장면을 꼼꼼히 살폈다. 병사들의 사기가 충천했다. 그들의 눈빛에는 살기가 차올랐다. 조영규가 상기된 얼굴로 정안군 뒤를 따랐다.

"한 치의 실수도 있어선 안 됩니다."

정안군이 조영규에게 붉은 향낭을 건네며 말했다.

"여부가 있겠습니까."

조영규가 향낭을 받아 들었다.

병사들의 훈련을 지도하던 하륜이 못 미더운 표정으로 조영규를 바라봤다. 이제 생사의 갈림길로 접어들었다. 그들은 출발 신호를 기다리는 기수의 마음이 되어 온 힘을 다해 자신의 고삐를 쥐고 있었다. 지면, 죽는다. 전장의 규칙은 이것뿐이었다.

　해가 지고 있었다. 어떤 시간도 사그라지고 있었다. 무엇이라 이름 붙일 수 없는 시간이었다.

　가희는 말없이 민재가 입궐을 위해 의관을 갖추는 것을 도왔다. 가희는 민재의 바지 양 매듭을 단단히 붙잡고 허리를 감싸 옷고름을 맸다. 민재의 엉덩이부터 시작해 아래로 내려가 바지의 선을 야무지게 정리했다. 마지막으로 민재의 발목을 여몄다.

　가희의 손길에서 애절함과 안타까움이 묻어났다. 민재는 도포까지 다 갖춰 입었다. 가희는 정성스럽게 갓을 씌워줬다. 갓 끈을 쥐고 있던 가희의 손이 민재의 얼굴을 쓸어내렸다. 민재는 가희의 눈을 들여다봤다. 그녀의 눈이 촉촉하게 젖어 있었다. 민재는 가슴이 미어지는 것 같았다.

　"날이 밝으면 돌아올 것이니, 기다리거라."

　민재가 애써 애잔한 마음을 감추며 말했다.

　가희는 말없이 민재의 손을 붙잡았다.

　민재는 가희를 당겨 끌어안았다. 그리고 가희를 향해 쓸쓸하게 웃고는 뒤돌아섰다. 가희가 돌아서는 민재의 손을 다시 잡았다. 가희의 따뜻한 손길에서 놓아주지 않으려는 힘이 느껴졌다.

민재는 가희를 향해 웃어 보였다. 그 웃음 속에 '우리는 괜찮을 거야'라는 위로가 담겼다. 하지만 가슴이 저며오는 것은 막을 길이 없었다.

민재는 겨우 몸을 돌렸다. 민재의 손이 가희의 손에서 스르륵 빠져나갔다. 민재의 등이 보였다. 민재는 문 앞에 잠시 서서 가희를 등진 채 말했다.

"기다리거라."

가희는 고개를 끄덕였다. 방을 나서는 민재의 뒷모습이 슬펐다. 기다리라는 민재의 말이 마음에 박혔다. 민재가 멀어지는 것이 보였다. 가희는 지금이라도 달려가 그를 말리고 싶었지만, 발도 입술도 꼼짝하지 않았다. 이미 시위를 떠난 화살처럼, 이제는 멈출 수가 없었다.

경순공주는 태조가 내려준 탕약을 아침과 저녁 정해진 시간에 마셨다. 진은 경순공주의 방 앞에 서서 하녀가 탕약을 가져오기를 기다렸다. 하녀가 경순공주의 방 앞으로 쟁반에 탕약 그릇을 담아 오는 것이 보였다. 진이 하녀를 불러 세웠다.

"마마의 탕약이냐?"

"그렇습니다."

"이리 주거라. 내가 직접 전해주겠다."

진은 하녀에게 쟁반을 건네받았다. 하녀가 물러가자 진은 비열한 미소를 지으며 품에서 무언가를 꺼냈다. 종이에 싼 가루약이었다. 진은 그것을 탕약에 풀어 넣었다.

"나리, 김민재가 움직였다고 합니다."

잠깐 잠이 들었던 정안군이 전언을 듣고는 번쩍 눈을 떴다. 그의 처 민씨 부인이 정안군 옆을 지키고 있었다. 큰일을 앞두고 잠깐씩 잠을 자는 것은 그의 오랜 버릇이었다. 예전 선죽교에서 일을 치르기 전부터 죽 그랬다.

"얼마나 잤나?"

"한 시진 조금 못 됩니다."

"그럼 삼시충이 나와 지금쯤 옥황상제에게 갔겠군."

정안군은 부스스 일어나 주변을 살폈다. 민씨 부인이 묘한 얼굴로 웃었다.

"지금부터 나리가 하는 일은 옥황상제도 영영 모를 것입니다."

정안군은 피식 웃으며 창문을 열어 하늘을 올려다봤다. 커다란 달이 구멍처럼 하늘에 걸려 있었다.

"오늘 달빛이 형형하구나."

방 안을 돌아보는 정안군의 시야에 달빛에 반사된 갑옷과 칼이 보였다.

진은 자리에 누운 경순공주를 걱정하는 척 바라봤다. 경순공주는 핏기가 싹 가신 얼굴로 걱정스럽게 누워 있었다.

"갑자기 어지러운 게, 저는 아무래도 거동하기 어려울 것 같습니다. 아바마마께 대신 안부 좀 전해주세요."

경순공주가 심한 현기증에 몸을 가누지 못하며 말했다.

"내 전하께서 심려치 않도록 잘 말씀드릴 테니, 부인은 아무 걱정 마시오."

진이 짐짓 점잖게 말했다.

"죄송합니다. 다녀오세요."

경순공주의 말이 떨어지자마자 진은 자리에서 일어났다. 그녀의 방을 빠져나오며 진은 비릿하게 웃었다. 고대해 마지않던 일이 곧 생길 것이라는 기대감이 그를 들뜨게 했다.

조영규와 하륜, 정안군이 산기슭 공터에서 전열을 가다듬고 있었다. 조영규와 하륜은 긴장한 듯 거친 숨을 몰아쉬며 정안군의 명령을 기다렸다. 정안군이 사뿐히 말에 올랐다.

"모란꽃에게서 연통은?"

"방금 약속 장소로 병사들을 보냈습니다."

조영규가 말했다. 정안군은 고개를 끄덕이며 하륜을 바라봤다. 하륜은 의미심장한 표정으로 고개를 끄덕이고는 어딘가를 향해 병사들과 떠났다.

"그럼, 우리도 가봅시다."

정안군이 고삐를 당기며 수신호를 보냈다. 어둠 속에서 횃불이 하나둘씩 켜졌다. 공터가 순식간에 거대한 횃불들로 가득 찼다. 정안군의 사병들이었다. 정안군이 말을 출발시키자 그의 사병들이 일사불란하게 흩어졌다.

02

축제 준비에 한창인 저잣거리는 흥겨운 분위기에 취한 양반들과 양인들로 번잡했다. 상인들은 들뜬 표정으로 대목장을 챙겼다. 어두운 표정의 천민들이 번잡한 거리를 청소했다. 배곯은 거지들이 몸을 한껏 낮추고 양인들에게 동냥바가지를 내밀며 구걸했다.

경신일 축제를 알리는 북소리가 울렸다. 저잣거리 곳곳에서 축제를 즐기는 사람들의 흥겨운 모습들이 보였다.

경신일은 왕가에서도 축제였다. 경복궁 근정전 앞마당에서는 연못에 배를 띄우고 악공들과 기녀들이 공연을 했다. 대신들도 관복을 입고 연회를 즐겼다. 나인들은 분주하게 음식을 날랐다.

경복궁 곳곳이 축제 분위기로 들떠 있었다. 대신의 부인들은 그들끼리 모여 담소를 나눴고, 대신들의 어린 자제들은 궁궐의 공터에서 투호와 폭죽놀이를 하며 서로 어울렸다.

태조와 어린 세자, 고관대작과 그들의 부인들은 특별히 마련된 연회장에 모여 잔치의 흥겨움에 젖어들었다. 민재와 정씨 부인 일행이 예를 갖추며 연회장으로 들어서자 담소를 나누던 태조와 세자가 그들을 보고 반겼다.

"주상 전하와 세자 저하를 뵙습니다."

민재가 왕 앞에서 부복하며 말했다. 태조는 인자하게 웃으며 그들을 반겼다. 정씨 부인과 진도 태조를 향해 부복했다.

"경순이는?"

태조가 민재 일행을 살피며 말했다. 부복했던 진이 천천히 고개를 들었다.

"몸이 불편하여 대신 안부를 전해달라 했습니다."

진이 걱정스럽다는 듯 태조에게 말했다.

"저런. 많이 아픈가?"

"걱정하실 정도는 아니옵고, 허한 상태에 어지럼증이 난 것 같습니다."

태조가 근심에 찬 얼굴로 고개를 끄덕였다.

"누이가 많이 아프면 아바마마께서 탕약을 보내주시옵소서."

세자가 걱정스럽게 말했다. 모두가 세자의 모습을 흐뭇하게 보며 고개를 끄덕였다.

"해서 저는 인사만 여쭙고 돌아가 병간호를 했으면 하온데."

진이 말했다. 태조는 진이 대견한 듯 만족스럽게 웃었다.

"오, 그러시게."

태조가 민재와 정씨 부인을 보며 말했다.

"얼마나 자상한 남편인가?"

민재와 정도전, 정씨 부인이 미소로 화답했다.

경순공주는 차도를 보였다. 퀭하던 두 눈에 어느 정도 생기가 돌아왔고 백지장 같던 얼굴에도 발갛게 핏기가 돌아왔다. 가희는 경순공주가 자리에 누웠다는 이야기를 전해 듣고 저녁내 경순공주를 간호했다.

"괜찮으십니까?"

"고맙네. 아까는 어지러워 정신을 못 차리겠더니, 덕분에 좀 나은 듯하네."

"별말씀을 다 하십니다. 빨리 기력을 회복하셔야지요."

가희가 가볍게 미소를 지었다.

"약조를 지키지 못해 미안하네. 오늘 궁에 다녀와 재밌는 이야기를 해주기로 하고서는……."

경순공주가 진심으로 미안한 표정으로 말했다.

"재미있는 이야기야 다음에 해주시면 됩니다."

가희는 가볍게 고개를 저었다.

경순공주는 희미하게 웃었다. 그녀가 웃는 모습에 진이 겹쳐지자, 가희는 그녀가 불쌍하다는 생각이 들었다. 아무것도 모르고 해사하게 웃는, 티 없는 그녀에게 진은 삼시충보다 더 악랄한 존재였다.

"아씨, 보부상이 왔다 합니다."

문밖에서 순분이 다가와 고했다.

순분의 연통에 가희의 표정이 어두워졌다. 하지만 경순공주는 반색하며 자리에서 일어났다.

"오늘 밤엔 이야기의 끝을 듣게 되겠구나. 잘되었다. 어서 다녀와서 밤새 이야기나 나누자꾸나."

경순공주가 가희에게 말했다. 가희는 심란한 얼굴을 간신히 감추고 경순공주를 향해 고개를 끄덕였다.

"예."

가희는 경순공주에게 인사하고 자리에서 일어났다.

03

연회장에서 빠져나온 민재는 갑옷으로 갈아입고 동문 담장 모퉁이를 돌아 군사들과 합류했다. 그곳에는 정안군 일파를 치기 위해 대기 중인 이제와 병사들이 있었다. 병사들의 굳은 얼굴에는 긴장이 역력했다. 이제도 마찬가지였다. 민재가 그들을 둘러봤다. 병사들의 눈 속에 저마다 두려움이 서려 있었다.

"준비는 끝났나?"

민재가 이제에게 물었다.

"모두 철저하게 마쳤습니다."

전열을 가다듬던 이제가 대답했다.

이제는 민재와 늘 함께했다. 전장에서도 목숨을 바쳐 민재를 수행했다. 그는 형제와 다름없었다. 이제는 말없이 묵묵히 자신의 자리에 서 있는 충실한 말 같았다. 민재는 그를 믿었다. 민재가 고개를 끄덕였다. 담장을 따라 길게 배치된 삼군부의 병사들이 보였다. 북방에서 민재와 목숨을 걸고 동고동락한 병사들이었다. 밤이 지나고 동이 틀 무렵, 그들의 운명이 어떻게 흘러갈지는 민재와 그들 자신조차도 알 수 없었다. 경신일의 밤이 조금씩 깊어가고 있었다.

멀리서 말을 타고 홀로 다가오는 흐릿한 윤곽이 보였다.

"정안군입니다."

담 앞에서 몸을 숙이고 염탐하던 병사가 말했다. 담 뒤쪽에 매복해 있는 민재와 병사들이 손에 든 창과 칼에 힘을 꽉 줬다.

"계획대로 될 것 같습니다."

이제가 말했다. 민재가 고개를 끄덕였다.

"딱 한 번의 기회가 있다. 이 기회를 살리지 못하면 너도 나도 목숨을 부지하기 힘들 것이다."

민재가 결연하게 말했다.

"알고 있습니다."

이제가 대답했다.

새끼손톱만 하던 정안군의 윤곽이 점점 커지며 동문으로 다가왔다. 구름이 달을 가리기 시작하면서 환하던 달빛이 서서히 어두워졌다.

창고의 문이 조심스레 열렸다. 누군가 고개를 내밀어 창고 안을 여기저기 살펴보았다. 진이었다. 창고 안에는 가희가 있었다. 가희는 인기척에 천천히 몸을 돌렸다. 진은 얄궂은 표정으로 혀를 날름거리며 창고 문을 닫았다.

진은 가희를 발견하자마자 다짜고짜 그녀의 뺨을 후려쳤다. 가희가 바닥으로 쓰러졌다. 진은 가희의 얼굴에 바짝 다가섰다.

"저번 일은 용서해주마."

그가 비열하게 웃었다. 뱀 같았다.

"대신 오늘은 확실히 해야 할 것이야. 난 손해 보고는 못 사는 성격이거든."

진이 가희를 노려보며 말했다. 진은 쓰러진 가희 위로 올라타 그녀의 저고리 안으로 허겁지겁 손을 밀어 넣었다. 가희는 조소의 눈빛으로 진을 바라봤다. 그녀의 입가에 피가 맺혀 있었다. 진의 손이 가희의 가슴을 마구 주물렀다. 가희의 표정에는 아무런 변화도 없었다.

"증표를 주었으면 오는 게 있어야 할 것 아니냐?"

진이 야비하게 말했다. 저고리에서 빠져나온 그의 손이 가희의 치마를 걷어 올렸다. 그의 숨이 가빠졌다.

"어서, 어서, 이리 오거라."

진은 가희를 덮치며 입술을 맞추려 했다. 그 순간 그의 허벅지에서 뜨끔한 통증이 올라왔다. 진은 짧은 비명을 지르며 허벅지를 감쌌다. 가희가 진을 밀쳐내고 그에게서 떨어졌다. 가희는 은장도를 들고 진을 향해 조소했다.

"살길을 궁리해보니, 사람 구실 못 하는 네놈보다는 그 아비가 더 낫겠다 싶어, 마음이 바뀌었지."

"뭐? 네놈? 이년이 미쳤나!"

진의 허벅지에서 피가 흘렀다. 그는 간신히 일어나 가희의 머리채를 잡고 바닥에 내동댕이쳤다. 그의 다리에서 피가 뚝뚝 떨어졌다. 진은 피를 보더니 흥분하기 시작했다. 진은 바닥에 쓰러진 가희의 배를 있는 힘껏 발로 찼다. 가희가 배를 부여잡고 고통스러워했다.

"다시 한 번 말해봐라. 그 더러운 입으로 뭐가 어째?"

진은 발길질을 멈추지 않았다. 계속되는 진의 발길질에 가희는 고통스러워하며 소리 없이 울었다. 진은 분풀이라도 하듯 사정없이 짓이기고 밟고 가희의 얼굴을 때렸다. 진은 눈의 초점을 서서히 잃어갔다.

"죽어. 죽어. 죽어!"

진은 이성을 잃은 듯 가희를 두들겼다. 때리고 짓밟았다. 가희는 정신이 아득해졌다. 고통을 느끼던 감각이 둔해졌으며 눈앞의 모든 것이 흐려졌다. 이대로 죽을 것 같았다. 하지만 두렵지 않았다. 억울할 뿐이었다.

그 시각 포목창고 앞에 정안군의 사병들이 도착했다. 정안군의 사병들이 그곳을 에워쌌다. 사병 중 제일 우두머리로 보이는 사내가 앞장서 창고 문에 귀를 대고 내부의 소리를 들으려 했다. 문밖 대기하던 사병들이 문에 귀를 대고 있던 사내의 수신호와 함께 고개를 끄덕였다.

"마마, 순분이옵니다."

순분이 경순공주의 방 앞에서 고했다. 자리에 누워 있던 경순공주가 일어났다.

"누구라고?"

"순분이옵니다."

"너는 가희와 함께 보부상을 만나러 가지 않았느냐?"

"……."

경순공주의 물음에 순분은 한동안 답하지 못하고 머뭇거렸다.

"들어오너라."

경순공주가 순분을 불러들였다.

순분은 조금 망설이는 듯하다가 방으로 들어갔다. 순분이 예를 갖춰 경순공주에게 인사하더니 품에 있던 서찰을 내밀었다.

"누구의 서찰이냐?"

"저는 그저 전달하라는 말만 들었습니다."

경순공주가 서찰을 받아 펼쳤다. 익숙한 필체였다. 그녀는 한 자 한 자 따라가며 읽어 내려갔다. 경순공주의 얼굴이 서서히 어두워졌다.

포목창고 앞은 수신호로 분주했다. 문에 귀를 대고 있는 사내가 맨 앞의 사병에게 신호를 보내자 그 신호가 뒤에 있는 사병들에게로 이어졌다. 염탐하는 사내가 마침내 문을 부수자는 신호를 보냈다. 이내 문이 박살 나고 사병들이 우르르 몰려들었다. 창고의 문이 벌컥 열리자 깜깜하던 그곳을 환한 달빛이 가득 채웠다.

창고 안에서 진은 가희의 양팔을 잡아 거부하지 못하게 붙들고는 입으로 가희의 입술과 목덜미를 탐했다.

진은 가희의 저고리를 뜯고 치마를 찢어버리더니 가희의 속치마를 들춰 올리고 자신의 바지를 풀기 시작했다. 그때 문이 열리며 누군가 들어왔다. 진은 고개를 돌리다가 화들짝 놀랐다. 그는 그 자리에 멈춰서 그대로 얼어버렸다.

잠시 후 포목창고 앞에 모여 웅성웅성하는 사람들 앞으로 가마니로 얼굴이 덮인 남녀가 정안군의 사병들에게 끌려 나왔다. 사병들은 남녀를 이끌고 어디론가 향했다.

04

　동문 앞에 매복한 병사들은 윤곽의 사내가 가까워지기를 기다렸다. 어둠 속에서 말발굽 소리가 가까워졌다. 구름이 걷히고 달이 모습을 드러냈다. 어둠 속에 숨었던 사물들이 달빛을 받아 빛나기 시작했다. 은폐 중이던 민재의 무리 앞에 번쩍이는 정안군의 갑옷이 드러났다. 숨어 있던 이제가 벌떡 일어났다.

　"무장을 했습니다. 함정입니다."

　정안군이 칼을 꺼내 들었다.

　"지금이다. 쳐라!"

　이제의 뒤에 있던 민재와 병사들 뒤쪽에서 조영규와 정안군의 사병들이 순식간에 튀어나왔다. 민재가 생각했던 규모보다 훨씬 수가 많았다. 민재는 급히 칼을 뽑아 정안군의 사병들을 진압하기 시작했다. 이제는 자신의 병사들을 치고 있는 조영규를 향해 달려갔다. 정안군의 사병들과 삼군부의 병사들이 서로 뒤섞여 혈투를 벌였다. 고요하던 동문이 순식간에 병사들이 흘린 피로 낭자했다. 이제는 정안군의 사병들을 베면서 앞으로 나아가 조영규와 거리를 좁혔다. 조영규는 철퇴를 휘둘러 삼군부 병사들의 머리를 부쉈다. 철퇴를 맞은 병사들의 주검이 조영규 앞으로 쓰러져 쌓이기 시작했다. 마침내 조영규 앞까지 온 이제가 그를 향해 칼을 휘둘렀다. 조영규는 이제의 칼을 부드럽게 피하며 철퇴를 휘둘렀다.

전세는 기습에 성공한 정안군의 사병들 쪽으로 기울기 시작했다. 정안군은 사병들을 이끌고 삼군부의 병사들을 쓰러뜨리며 민재를 구석으로 몰아가고 있었다. 조영규의 철퇴에 이제의 칼이 부러졌다. 조영규는 이제를 보며 비웃었다. 조영규는 힘껏 철퇴를 휘둘렀다. 이제는 맹렬히 자신의 머리를 겨냥하는 철퇴를 피하며 조영규의 허점을 발견하려고 노력했다. 조영규가 철퇴를 거두고 피식 웃었다. 그러더니 땅에 있는 모래를 한 줌 쥐어 이제의 얼굴에 뿌렸다. 이제는 눈을 부여잡고 그 자리에 쓰러졌다. 조영규는 철퇴를 빙빙 돌리며 이제를 향해 걸어갔다.

이제는 고통을 못 이기며 바닥을 뒹굴었다.

"비겁한 새끼."

이제가 소리쳤다.

조영규는 이제의 손을 꽉 밟았다.

"쥐새끼."

조영규는 이제의 얼굴에 침을 뱉었다. 그러고는 철퇴를 높이 치켜들었다. 철퇴가 이제의 머리와 부딪쳤다. 이제의 피가 조영규의 얼굴에 튀었다. 민재는 칼을 휘두르며 이제가 최후를 맞는 순간을 목격했다. 소리를 질러봤지만, 이제를 살릴 수 없었다. 정안군이 맹렬하게 그와 그의 병사들을 몰았다. 많은 병사가 피를 흘리며 쓰러졌다. 정안군의 사병들은 끝없이 쏟아져 나왔다. 수에 밀린 민재와 그의 병사들은 경회루 안까지 쫓겨 들어갔다.

민재와 병사들은 정안군의 세에 밀려 근정전 앞마당 연회장까지 쫓겼다. 연회를 즐기던 사람들이 피범벅이 된 민재와 병사들을 보고는 비명을 지르며 흩어졌다. 연회장을 울리던 음악이 끊기며 순식간에 아비규환으로 변했다.

안에서 연회를 즐기던 태조도 바깥의 소란을 들었다.

"웬 소란이냐? 어서 알아보아라."

태조가 상선 내관에게 말했다.

내관은 부리나케 달리다가 되돌아왔다. 뒤이어 민재의 삼군부 병사들과 정안군의 사병들이 연회장 안으로 들어왔다. 태조의 곁에 있던 정도전의 얼굴이 굳어졌다. 연회장 안에 있던 사람들이 칼을 든 병사들을 보고 비명을 지르며 혼비백산했다. 민재는 정안군 사병들의 칼을 막으며 태조와 세자 쪽으로 향했다. 뒤이어 정안군도 삼군부 병사들을 물리치며 연회장으로 들어왔다. 그의 갑옷은 온통 피로 물들었다.

"아바마마. 세자 저하. 어서 피하십시오!"

정안군은 태조를 보며 소리 높여 말했다.

"너희들은 뭐 하느냐! 어서 아버님을 보필하라!"

정안군이 나장들에게도 다급하게 말했다.

순식간에 나장들이 몰려와 태조와 세자 주변을 에워쌌지만, 어느 편을 들지 몰라 우왕좌왕했다. 민재는 일방적인 숫자의 열세로 순식간에 정안군의 병사들에게 에워싸였다. 태조는 칼을 든 정안군의 모습에 언짢은 표정을 지었다.

"당장 그만두지 못할까!"

태조가 큰 목소리로 명령했다.

"아바마마! 저들이 모반을 꾀하였습니다. 어서 자리를 피하십시오!"

정안군이 민재를 가리키며 말했다. 병사들은 칼을 들고 팽팽히 대치했다.

"그럴 리가 없습니다, 전하. 정안군이 병사들을 일으킨 것 같습니다!"

뒤에 있던 정도전이 나섰다. 그러자 정안군이 칼을 들고 정도전의 목을 겨눴다. 정안군의 눈빛은 노기가 가득 차 번득였다.

"삼봉은 감히 어느 안전이라고 거짓을 고하는가! 아바마마! 김민재가 동문에 병사들을 배치하고 기회를 노려 모반을 하려 했습니다!"

"전하! 모함입니다!"

"방원이 네 이놈!"

태조가 격노했다. 정안군과 민재가 서로 칼을 겨누며 팽팽하게 대치했다. 어느 쪽으로도 치우치지 않은 팽팽한 균형이었다. 삼군부의 병사들과 정안군의 사병들도 마찬가지였다. 정도전이 긴장한 얼굴로 그 가운데 서 있었다. 정안군이 민재에게 칼을 겨눈 채로 말했다.

"저들이 모반을 꾀한 것이 아니면, 성곽을 지켜야 할 군사들이 어찌 도성에 와 있겠습니까. 정도전과 김민재는 자신들의 혈육이자 이 나라의 부마 한성위 김진의 불륜 사실을 알고, 그 사실을 알게 된 저와 대신들을 죽여, 없던 일로 만들기 위해 모반을 꾀했나이다."

정안군의 입에서 나온 불륜이라는 말에 정도전의 얼굴이 파랗게 질렸다. 민재 또한 정안군의 말에 적잖은 충격을 받았다.

"그게 무슨 말이오? 누가 누구와 불륜을 저질렀단 말이오?"

정도전의 목소리가 덜덜 떨렸다.

"자신의 아들과 가문이 강상죄로 참수될까 두려워 전하와 왕실을 능멸한 정도전과 김민재를 삭탈관직하고 벌을 내리소서!"

정안군이 고했다.

"부마가 강상죄를 지었다니?"

태조는 어리둥절한 표정을 지으며 정도전을 바라봤다.

정도전은 자신도 모르겠다는 표정을 지었다. 민재의 머릿속에 가희의 얼굴이 지나갔다. 그는 강변에서 함께 말을 타던 그 순간을 떠올렸다.

"네놈의 말을 어찌 믿겠느냐!"

태조는 못 믿겠다는 듯 말했다. 정안군은 당황하지 않고 차분히 말을 이어갔다.

"소자에게는 저들에게 없는 증거가 있습니다!"

사병들 속에 섞여 철퇴를 들고 있던 조영규가 앞으로 나섰다.

208

"여기 대령했습니다."

조영규는 상선에게 향낭을 건네주고 물러났다. 상선에게 향낭을 받아 든 태조는 부들부들 떨기 시작했다. 정도전과 민재는 자신들을 돌아보는 태조의 분노한 시선과 마주치자 당황한 낯빛이 역력했다. 정안군이 사병 중 하나에게 손짓을 보내자 사병들이 볏짚으로 얼굴을 가린 남녀를 끌고 들어왔다.

"여기 죄인들을 데려왔습니다."

병사 중 하나가 말했다.

"저 꼴은 무어란 말이냐! 얼굴을 드러내 보여라!"

태조는 이를 악물었다.

조영규가 고개를 끄덕이자 사병들이 볏짚을 벗겼다. 하지만 그들은 진과 가희가 아니었다. 생전 처음 보는 남자와 취향루의 기녀였다.

"이자가 부마란 말이냐! 네놈들이 나를 능멸하는 것이냐!"

태조가 혀를 끌끌 찼다.

"모든 나장들은 거검하라!"

민재가 나장들에게 명령했다. 사이에 끼어 어쩔 줄 몰라 하던 나장들이 검을 들고 자세를 취했다. 당황한 조영규가 우왕좌왕했다. 하지만 정안군은 사뭇 침착해 보였다.

"죄인은 여기 있나이다."

하륜의 목소리였다. 하륜과 사병들이 포박된 진과 가희를 끌고 연회장으로 들어왔다. 민재는 가희의 얼굴을 보자 정신이 아득해지는 것 같았다. 그는 주춤하여 흔들렸지만, 겨우 정신을 다잡았다. 여기저기서 끌려온 부마와 가희를 보며 낮은 탄식과 수군거림이 들렸다.

이때, 사병들의 호위를 받으며 연회장으로 경순공주가 뛰어 들어왔다.

"아바마마."

"경순아!"

경순공주의 눈에서 눈물이 떨어졌다.

"오늘 연회는 여기서 파한다! 죄인들은 하옥하고, 나머지는 모두 물러가라!"

태조가 자리를 떴다.

금부나장들이 나와 가희를 일으켜 세웠다. 민재와 가희는 눈이 마주쳤다. 마치 죽은 사람처럼 영혼 없이 텅 빈 눈동자였다. 그녀의 얼굴은 초연했다. 마치 모든 것을 알고 있던 사람처럼 보였다. 자신에게 찾아온 죽음을 애초부터 알고 있었다는 듯한 표정이었다. 민재는 그 눈빛에 낙망해 칼을 놓치고 말았다.

05

태조는 용상에 앉아 부들부들 떨었다. 애써 진정을 하려 했지만 소용없었다. 피를 뒤집어쓰고 칼을 든 정안군의 얼굴이 머릿속에서 떠나지 않았다.

태조는 정안군의 눈빛이 싫었다. 그는 거침없는 행동을 일삼는 정안군이 언젠가는 자신에게 화를 입힐지도 모른다는 생각을 품고 있었다. 정안군은 명분에도 크게 개의치 않는 성격이었다. 방석을 세자로 책봉하던 날, 조상의 능묘를 살피고 돌아온 정안군의 눈에 가득했던 살기를 머릿속에서 지울 수 없었다.

"어찌 이런 변고가······."

하염없이 눈물을 흘리는 경순공주를 보며 태조가 말했다.

"무슨 일이 있었는지 차근차근 말해보거라."

경순공주가 눈물을 흘리며 고개를 끄덕였다.

순분이 전달한 서찰은 가희가 보낸 것이었다.

지금 뒤뜰에 있는 창고로 오시면, 이야기의 끝을 아실 수 있을 것입
니다.

가희의 서찰을 읽은 경순공주는 그길로 집 뒤뜰에 있는 창고
로 향했다. 창고 문을 열자, 진과 가희가 있었다.

"부, 부인이 여길 어찌 알고."

진의 목소리가 바들바들 떨렸다. 그는 잠시 생각하다가 화들
짝 놀라 가희에게서 떨어졌다. 그는 벌레라도 씹은 듯한 얼굴로
사태 파악을 하려고 애썼다. 경순공주는 머리를 짚고 비틀거렸
다. 진은 서둘러 바지를 추스르며 경순공주에게 다가섰다.

"부인!"

진이 비굴하게 말했다. 그 한마디에 경순공주의 정신이 번쩍
들었다. 아득했던 생각이 찬찬히 정리되는 것 같았다.

"물러서시오! 저 사람 이야기를 듣겠습니다."

진은 재빨리 머리를 굴렸다. 어떻게 하면 이 난처한 지경에서 빠져나갈 수 있을까 그것만 생각했다.

"그래, 이게 그 이야기의 결말이냐? 그런 것이냐?"

경순공주가 차갑게 말했다. 가희가 무릎을 꿇고 앉았다. 진도 경순공주 앞에 무릎을 꿇고 애원하듯 매달렸다. 경순공주가 뿌리치자 진은 그녀의 치맛자락을 부여잡았다.

"부, 부인. 나는 그저 저년이 유혹을……."

경순공주는 추상같이 진을 내려 봤다.

"아무리 보아도 유혹한 몰골로는 아니 보입니다."

"부, 부인."

진이 경순공주의 치맛자락을 잡은 손에 힘을 주며 애처롭게 올려다보았다.

"이 더러운 손 놓지 못할까!"

경순공주가 거칠게 진의 손을 뿌리쳤다.

"너는 어찌 내가 알게 하는 것이냐?"

경순공주가 가희에게 물었다.

"마마께선 자신을 농락한 지아비를 용서하고, 평생 함께하실 수 있으시겠습니까?"

가희가 담담히 말했다.

"네 어찌 감히! 내 아바마마에게 고해 널 죽일 수도 있음이야!"

경순공주가 분기에 차 부르르 떨며 말했다.

가희는 담담히 옷매무새를 여미고 흐트러진 머리를 다듬었다.

"애초에 어찌 살길 바랐겠습니까. 하나 죽더라도 마마께는 진실을 알려드리고 싶었습니다. 세상은 모르되, 나만 알아야 할 이야기가 있다 하셨잖습니까. 천한 계집으로서 할 수 있는 방법은 이것밖에 없었으니, 깊이 헤아려주십시오."

그녀가 경순공주를 보며 공손히 말했다.

"보부상이 들려주었다는 이야기가 네 실제 사연이었더란 말이냐?"

경순공주는 가희의 말에 부들부들 떨었다.

"아름다운 애정 이야기야 누구든 꾸며낼 수 있겠지만, 진실의 잔인함까지 꾸밀 수 있겠습니까?"

가희가 결연한 목소리로 말했다.

이때, 한 무리의 그림자가 그들을 덮었다. 경순공주가 뒤를 돌아봤다. 창고 문 앞에 포진한 정안군의 사병들이 보였다.

"웬 놈들이냐!"

경순공주가 말했다.

하륜이 사병들 사이로 모습을 드러냈다. 그는 경순공주에게 공손히 인사를 올린 뒤 가희를 노려보며 씩 웃었다. 가희는 당황하는 기색이 역력했다.

경순공주가 떨리는 목소리로 말을 마쳤다.

"제가 아는 것은 여기까지입니다."

경순공주는 이야기를 끝내며 애써 담담한 표정을 지었다.

이 이야기를 정도전과 민재, 정씨 부인이 듣고 있었다. 태조는 앞에 놓인 진의 향낭을 바라보며 말했다. 태조의 얼굴은 노기로 가득했다.

"왕실을 모욕하고도 살아남을 성싶으냐?"

태조가 정씨 부인을 보며 소리쳤다. 정씨 부인은 잔뜩 몸을 움츠리고 부들부들 떨었다.

"사실대로 말하라. 부마의 허물을 덮기 위해, 정말 그 계집의 어미를 불에 태웠느냐?"

태조가 호통을 쳤지만, 정씨 부인은 아무런 말도 하지 못했다.

"어찌 대답을 못 하는가? 어서 이실직고하지 못할까?"

태조는 분노를 거두지 못했다.

"죽여주시옵소서!"

정씨 부인이 눈을 질끈 감았다.

민재는 충격에 빠져 눈의 초점을 잃은 듯 비틀거렸다. 정도전은 모든 것이 끝났음을 직감했다.

"모두 꼴도 보기 싫다! 삼군부사만 남고, 모두 물러가라!"

태조는 분노에 휩싸여 책상을 내리쳤다.

"경순은 날이 밝기 전에 청룡사로 보낼 것이다. 내 자네를 믿고 그렇게 부탁했거늘! 내 맘을 보여 자네를 대한 보답이 결국 이거란 말인가?"

태조가 침통하게 말했다.

"죽여주시옵소서."

민재는 고개를 푹 숙였다.

"목숨은 살려주겠다! 그러니 오늘 밤 안으로 은밀히 계집을 죽여라."

태조의 목소리가 차가웠다.

민재는 대답하지 못했다.

"왜 대답이 없어? 명을 어길 셈인가? 놈들에게 실각의 명분을 주어 나와 세자를 위험에 빠트릴 셈이야? 계집을 죽여 그 입을 막아라. 어명이다!"

태조는 입을 열지 않는 민재를 보며 낙심하듯 말했다.

태조는 자리를 박차고 일어나 편전을 떠났다.

민재는 눈에 초점을 잃은 채 고개를 숙이고 있었다. 그는 깊은 고민에 빠졌다.

형조 감옥 앞 풀숲에 몸을 숨긴 민재가 칼을 꺼내 들었다. 왕이 내린 어검이었다. 횅한 눈으로 칼끝을 바라보는 민재의 심경이 복잡해졌다.

'이 검을 주는 것은 자네가 이젠 혈연보다 더한 내 분신이 되어주길 바라서일세.'

'전하와 나를 위해 목숨을 내걸어야 할 것이야.'

'계집을 죽여 그 입을 막아라. 어명이다!'

다그치던 목소리들이 머릿속에서 울렸다.

민재는 칼을 뽑아 칼날에 비친 자신의 눈을 들여다봤다. 이게 내 눈이었던가? 진짜 나의 눈이었던가? 확신이 생기지 않았다. 손이 떨렸다. 칼을 쥔 손에서 자상의 통증이 욱신거렸다. 그리고 그 상처를 만져주던 가희의 손길이 느껴지는 것 같았다. 자신을 품에 안고 따뜻하게 내려다보던 가희의 얼굴이 짧게 스쳤다. 민재는 눈을 질끈 감았다. 어검을 다시 칼집에 넣고 복면을 한 채 부스스 풀숲에서 나왔다.

"웬 놈이냐?"

옥을 지키던 형조 감옥 옥지기가 소리쳤다.

"게 섰거라!"

옥지기들의 말이 떨어지기 무섭게 민재는 어검으로 두 명을 가볍게 제압했다. 칼날을 타고 피가 뚝뚝 흘렀다. 칼을 쥐고 있는 손이 쓰라렸다. 민재는 옥 안으로 들어갔다.

그 속에서 놀란 가희가 복면의 남자를 올려다봤다. 민재는 흔들리는 마음을 가누며 가희를 바라봤다. 가희는 복면 사이로 보이는 눈빛을 보고 사내가 민재임을 알아차렸다. 그리고 그녀는 싸늘하게 눈을 돌렸다.

06

정안군은 근정전 입구 앞에 서서 가만히 용상을 바라봤다. 다
왔다. 그는 그렇게 생각했다. 그는 애초에 용상을 노릴 생각은
없었다. 「하여가」를 지어 부르고 선죽교에서 고집이 센 노인을
죽였을 때도 그는 용상에 대한 욕심은 없었다. 아버지를 인정하
고 존경했기 때문이었다. 태조가 왕조를 세우고 왕이 되어 처음
일등공신을 책봉했을 때, 그중에 자신의 이름이 빠진 것을 알았
을 때에도 정안군은 아버지에게 남모를 뜻이 있으리라 생각했
다. 그는 단지 인정받고 싶었다. 아버지라는 존재에게 인정을
받고 싶었을 뿐이었다.

하지만 능묘를 돌보고 돌아왔을 때 정통성이 부족한 방석을

세자로 책봉했다는 것을 알고서는 모든 것이 무너져 내리는 심정이었다. 그는 자신이 아버지에게 인정받지 못하고 있음을 깨달았다. 그는 분노했다. 누구보다 아버지를 따랐던 자신에게 아버지가 되돌려준 것은 모욕밖에 없다는 사실이 참을 수 없이 화가 났다. 그리고 결심했다. 자신의 자리를 되돌려받기로. 정안군은 자신이 용상에 앉는 장면을 상상했다. 그리고 아버지를 당당히 바라보는 자신의 모습을 떠올렸다.

"이제 다 왔다."

정안군이 나지막이 중얼거렸다.

"김민재의 병사가 많든 적든, 어차피 모반이 되니 외통수가 따로 없었습니다. 하하하!"

조영규가 들뜬 목소리로 말했다.

"안산 군수 이숙번도 계획대로 수월하게 삼군부를 접수했다 합니다."

하륜도 옆에서 거들었다.

정안군은 눈을 감은 채 고개를 끄덕였다.

"그나저나 대단하십니다. 계집의 배신은 어찌 예상하시고……."

조영규가 대단하다는 듯 말했다.

"본시 계집이란 살정에 약한 법."

정안군이 피식 웃었다.

이때 수하가 들어와 정안군 일행에게 은밀한 보고를 했다. 정안군과 하륜이 이를 듣고 만족한 듯 웃었다.

"역시 나리십니다. 어찌 주상 전하의 행동까지 꿰뚫고……."

하륜이 감탄하며 말했다.

정안군이 표정을 바꿨다. 지난 일들이 순식간에 머릿속을 스쳐 지나갔다.

"잊으셨습니까? 전 왕조에서 그분의 온갖 더러운 일들을 도맡아 했던 저 아닙니까."

정안군은 씁쓸하게 미소를 지었다.

민재는 가희의 목에 칼을 겨눴다. 가희는 담담하게 받아들였다. 민재는 자신을 속여온 가희를 용서할 수 없었지만, 어미를 잃은 마음 또한 누구보다 잘 알았다. 민재의 마음은 분노와 연민, 괴로움으로 들끓었다.

"진정 처음부터 계획한 것이었단 말이냐?"

민재가 물었다.

가희는 대답하지 않았다.

민재는 가희의 목에 칼을 바짝 댔다. 가희는 목에서 서늘한 칼의 감촉이 느껴졌다.

"어미의 복수를 위해 나를 이용한 것이냔 말이다. 대답해보거라. 어서!"

민재가 대답을 재촉했다.

"이제 와 변명이 무슨 소용이 있습니까? 제가 부인한들 돌이킬 수 없다는 것, 아시잖습니까?"

가희가 차갑게 말했다. 민재는 가희의 냉랭함에 심장이 얼어붙는 것 같았다.

"정말 내 손에 죽고 싶은 것이냐?"

민재가 또 물었다. 그는 가희가 다른 말을 하기를 기다리는 듯했다.

"죽는 것이 두려웠다면 시작도 안 했을 것입니다. 제게 잘못이 있다면, 천한 계집으로 태어나 죽지 않고 살아남은 것이 죄 아닙니까."

"살아남은 것이 어찌 죄란 말이냐?"

"천한 년이 살아남았으니 죄입니다. 사람이 아닌데 살아남았으니 죄이지요. 이 나라는 천한 목숨 셋보다 소 한 마리 값이 더 귀합니다. 천한 년은 범해도 상관없고, 죽여도 그 죄를 묻지 않지만, 아비의 첩을 건드리면 피로 그 죗값을 묻습니다."

가희는 모질게 말을 이어나갔다. 민재의 이해나 동정심을 바라지 않았다. 민재의 칼날이 흔들렸다.

"나와 함께 있는 동안, 한 번도……, 단 한 번도 진심이었던 적이 없었단 말이냐?"

민재의 목소리가 떨렸다.

"처음 뵈었을 때 저더러 해어화라 하셨습니다."

가희는 자신에게 칼을 겨누는 민재를 올려 봤다.

민재는 간절히 가희의 대답을 기다리고 있었다. 살면서 처음으로 스스로 운명을 결정했던 자신의 선택이 거짓이 아니기를, 제발 아니기를 바랐다.

"꽃에게 무슨 진심을 원하셨단 말입니까? 그러니 그 칼로 저를 죽이십시오. 어머니가 돌아가셨을 때 저도 죽었습니다. 제 어미의 죽음은 부마의 목숨을 내놓아도 용서할 수 없는 일입니다. 죗값을 물을 수 있다면, 지옥불에라도 뛰어들 수 있습니다. 이것이 제 진심입니다."

민재는 가희의 말을 듣고는 칼을 거뒀다. 가희는 그런 민재의 시선을 피했다.

"아니다. 그것이 네 진심이라면, 어찌 모르는 이들이 끌려왔단 말이냐! 나만은 살려보겠다고, 너 혼자 계획을 틀어버리려 했던 것 아니냐!"

"죽이십시오. 제가 죽어야 나리가 삽니다!"

가희가 모질게 말했다.

"그만! 그만해라!"

민재가 세차게 고개를 흔들었다.

"저를 절대 용서하지 마십시오."

가희는 이를 악물었다.

민재는 괴로움에 소리쳤다. 왜 나에게 이런 일이 일어나는가? 그는 어머니가 몸을 던진 절벽 아래를 보며 그렇게 말했었다. 그 후, 그의 인생은 다른 이들의 부품이었다. 민재는 아무래도 상관없다고 생각했다. 어차피 자신의 인생은 자기가 가장 사랑하던 사람이 죽은 날 결정돼버렸으니까. 어머니를 죽게 한 자의 심장에 칼을 꽂을 수만 있다면 그 이후는 어떻게 되든 좋다고 생각했다. 하지만 가희를 만나고 자신의 인생을 진정 자신의 것으로 만들고 싶다는 욕망을 품게 됐다. 목숨을 걸고서라도 그렇게 하고 싶었다.

민재는 처절하게 가희를 안았다. 가희는 민재의 손길을 뿌리쳤다. 가희가 빠져나가려 할수록 민재는 가희를 더욱 세차게 안았다. 다시는 놓지 않을 것이다. 다시는 절벽 아래를 보며 후회하지 않을 것이다. 그는 마음속으로 주문을 외웠다.

가희는 더는 거부하지 않았다. 민재가 자신을 안을수록 마음이 부서지는 것 같았다. 복수를 결심한 자신이 사무치게 미웠다. 알았더라면, 이런 슬픈 결말을 그때 알았더라면. 그녀는 후회로 몸서리쳤다.

"절대 용서하지 않을 것이다."

민재는 가희를 품에 안고 말했다.

"내 너를 절대 용서하지 않을 것이다."

또박또박, 온몸으로 가희를 느끼며 말했다.

"그러니, 우리는 살아야 한다!"

우리, 가슴을 저미듯 아픈 말이었다. 우리.

민재는 가희의 눈을 바라봤다. 욕심이 났다. 그녀의 눈을 보자 행복해지고 싶다는 욕심이 솟구쳤다. 눈물을 머금은 민재의 눈을 보던 가희의 눈동자가 심하게 떨렸다.

정안군은 말리는 상선을 제치고 태조의 침소 문을 열고 들어왔다. 아버지, 그토록 자신을 인정해주기를 바랐던 아버지가 분노한 채 거기 앉아 있었다.

"물러가라 하지 않았느냐!"

태조가 호통을 쳤다.

하지만 정안군은 똑바로 서서 태조의 눈을 바라봤다. 자신을 능묘로 보낼 때의 모진 눈빛 그대로였다. 그는 화가 치밀었지만, 마음의 평정을 찾으려고 애썼다.

"어미는 달라도 누이는 누이. 오라비가 도와야지요."

정안군이 말했다.

"그 일은 내가 내일 직접 문초할 것이다."

태조가 말했다.

정안군이 피식 웃었다. 결국 내 생각대로구나, 그는 생각했다.

"김민재와 계집이 달아났습니다."

정안군이 작정한 듯 말을 내뱉었다.

태조는 놀라움을 감추지 못했다. 그리고 자신을 보며 가쁜 숨을 내쉬는 정안군을 바라봤다. 그의 눈에서 안광이 쏟아져 나왔다. 결국, 이렇게 될 줄 알았다. 태조는 정안군이 내뿜는 기운에 두려움을 느꼈다.

"주상 전하, 어떡하시겠습니까? 명을 어기고 달아난 대역죄인 김민재를 어찌하시겠습니까? 이제 관련된 모든 일은 제가 처리하겠습니다, 아바마마."

정안군이 아버지를 몰아붙였다.

태조는 말없이 고개를 끄덕였다. 정안군의 얼굴에 묘한 미소가 스쳤다.

모든 것이 끝났다. 정도전은 눈을 감고 자리에 앉아 깊은 생각에 잠겼다. 차마 집에는 돌아가지 못하고 딸을 이끌고 집무실에 와 한참을 궁리 중이었다. 정씨 부인은 정도전 앞에 앉아 잔뜩 겁에 질려 있었다.

"지금이라도 진이가 대감의 친자가 아니라 고하면 강상죄는 면하지 않겠습니까."

정씨 부인이 궁여지책을 내놓았다. 하지만 정도전의 눈에 경멸이 차올랐다.

"강상죄가 아니면 왕실을 속이고 능멸한 것이 없어지겠느냐? 가문의 오명을 밝혀 명예를 더럽히느니 차라리 죽음으로 모든 것을 덮겠다."

정도전이 결연하게 말했다. 그토록 지키고자 노력했던 명예가 무너져 내렸다. 경복궁 창건 당시에 궁 여기저기를 돌아다니며 건물의 이름을 붙였던 기억이 났다. 한양으로 천도해 큰 그림을 그리던 시절 그에게는 야망이 있었다. 역사에 자신의 업적을 커다랗게 새기는 것이었다. 그가 북방으로 밀려나 여진을 토벌하던 장수 이성계를 선택한 것은 그의 야망이 자신의 꿈을 실현하게 해줄 수 있다는 믿음 때문이었다. 『조선경국전』을 편찬하며 정도전은 자신의 야망을 실현할 순간이 다 왔다고 생각했다. 하지만 모든 것이 무너져 내렸다.

벌컥, 정도전의 집무실 문이 열렸다. 정도전은 문을 향해 고개를 돌렸다. 문밖에 하륜을 위시한 정안군의 사병들이 횃불을 들고 서 있었다. 정씨 부인이 겁에 질려 떨었다. 정도전은 차분히 일어나 밖으로 나갔다. 정씨 부인은 겁에 질려 자리에 주저앉았다.

아득한 세월에 한 그루 소나무
푸른 산 몇 만 겹 속에 자랐구나
잘 있다가 다른 해에 만나볼 수 있을까
인간을 굽어보며 묵은 자취를 남겼구나

사병들이 칼을 뽑는 것을 보자 정도전은 이성계를 만나 지었던 시를 떠올렸다. 봉화의 향리로 시작해 고려를 뒤엎고 새로운 나라를 설계한 그의 지난날이 마치 꿈 같았다. 사병들 사이에서 하륜이 비릿하게 웃었다.

"삼봉 나리."

하륜이 비웃듯 말했다. 정도전은 하륜을 향해 담담하게 걸어
나갔다.

경순공주와 진은 의금부 옥사에서 주안상을 두고 마주 앉아
있었다.

"정녕, 한 치의 잘못도 없으십니까?"

진이 억울하다는 듯 고개를 조아렸다.

"정말이오 부인. 정말 억울하오. 그 천한 년이 재물에 눈이 멀
어 내 것을 훔친 것을 알고 돌려받으려 겁을 좀 준 것뿐이오."

경순공주는 담담히 들었다. 그녀는 진의 잔에 술을 채웠다.
진이 안심한 듯 한숨을 쉬었다.

"알겠습니다. 서방님의 말씀이니 믿겠습니다. 아바마마께는
제가 소명하겠습니다."

"고맙소, 고맙소, 부인."

진은 술잔을 비웠다. 경순공주가 다시 술을 채웠다.

"하나 언제부턴가 서방님에게서 향낭의 향내가 나질 않았었
습니다."

진이 당황하기 시작했다. 경순공주는 표정을 바꾸지 않고 진을 가만히 바라봤다.

"그러고는 그 향이 가희에게서 나기 시작했었죠."

"컥!"

진이 술잔을 떨어뜨렸다.

"차마 사람이 할 상상이 아닌지라, 아무 말 하지 않았습니다."

진은 목을 감싸 쥐며 괴로워했다. 그러다 이내 꺼억 꺼억, 피를 토하며 바닥을 뒹굴었다. 경순공주는 눈물을 흘렸다.

"그래도 진실을 말씀하시면, 이리할 생각은 아니었습니다."

진은 피를 토했다. 그가 가쁜 숨을 쉬며 바닥을 뒹구는 동안 경순공주는 말없이 그 곁을 지켰다. 진의 들숨과 날숨에 고통이 섞여 나왔다. 그러다 진의 숨이 끊어졌다. 눈도 채 감지 못했다. 경순공주는 진이 숨을 거두자 조용히 자리에서 일어났다.

07

민재와 가희는 말을 타고 산기슭을 달렸다. 멀리서 정안군의 사병들이 횃불을 들고 그들을 쫓았다.

"저기 있다. 김민재다."

추적자들의 목소리가 민재의 귓전을 스쳤다.

민재는 다급하게 말을 몰았다. 시야에 횃불들이 보였다. 그는 곧 자신이 포위돼 있다는 것을 깨달았다. 민재는 기수를 틀어 길을 벗어났다. 길이 점점 험해져서 말이 더는 달릴 수 없는 수풀이 펼쳐졌다. 달리던 말이 그 자리에 섰다. 사병들의 함성이 가까이서 들렸다. 횃불이 숲 속을 밝혔다.

가희는 민재의 허리를 감싸고 그의 등에 얼굴을 파묻었다. 민재가 말을 독촉해도 말은 꿈쩍도 하지 않았다. 민재와 가희는 말에서 내려 수풀 속을 달렸다. 사병들은 이미 지척까지 그들을 쫓아왔다.

"저기 있다."

굵직한 남자의 목소리가 들렸다. 횃불들이 수풀을 가로지르며 민재와 가희를 향해 빠르게 다가왔다. 민재와 가희는 심장이 터질 듯 달렸다.

파바박!

화살이 나무에 박혔다. 하나를 시작으로 수십 발의 화살이 수풀을 건너와 민재와 가희 주변의 나무에 박혔다. 횃불을 피해 숨었던 야생동물들이 날뛰기 시작했다. 민재와 가희는 풀숲을 헤치며 좁은 산길로 달아났다.

"악!"

가희가 돌부리에 걸려 넘어져 산비탈로 굴러떨어졌다.

"가희야!"

민재는 가희를 따라 산비탈을 주르륵 내려갔다. 말을 탄 사병들 몇이 비탈 위를 지나갔다. 횃불은 점점 더 가깝게 그들을 향해 다가왔다. 수풀을 헤치며 그들을 쫓는 사병들의 발소리가 들렸다. 민재는 가희를 안고 바위 뒤에 몸을 숨겼다. 악에 받친 사병들이 칼로 길을 내며 그들 곁을 지나쳤다. 가희의 무릎에서 피가 배어 나왔다. 민재는 품에서 가희의 손수건을 꺼내 상처를 동여맸다.

"가지고 계셨군요."

가희가 손수건을 보며 말했다.

민재는 묵묵히 가희의 상처를 돌봤다. 가희는 그런 민재를 지켜보다가 말했다.

"소녀는 이미 틀렸으니 지금이라도 저를 죽이고 떠나십시오!"

민재는 아무런 말도 하지 않았다.

"가문을 더럽히고 나리를 농간한 계집입니다! 어명을 어기시려는 겁니까?"

민재는 대답 대신 가희를 와락 안았다.

"약조하지 않았더냐. 지키겠다고. 그 어떤 위협에서도 지켜내겠다고 내 입으로 약조하지 않았더냐."

민재의 음성이 부르르 떨렸다.

"저기 있다."

밑에서 사병들의 목소리가 들렸다.

"그러니 우선 이곳을 빠져나가야 한다."

민재가 다급하게 말했다. 비탈 위쪽으로 횃불들이 서성였다.

"저쪽이다."

누군가 민재와 가희 쪽을 향해 소리쳤다.

"여기 있다."

민재와 가희 옆 나무에 화살이 박혔다.

"빨리 이곳을 벗어나야 한다."

민재가 재촉했다. 민재와 가희는 다시 달리기 시작했다. 횃불들이 점점 몰렸다. 길이 보이지 않았다. 민재와 가희는 뒤쫓는 정안군의 사병들과 맞닥뜨렸다. 민재가 칼을 빼 들었다. 그는 미친 사람처럼 칼을 휘둘렀다. 춤을 추는 것 같은 움직임이었다. 그를 둘러싸고 있던 사병들이 민재의 칼에 쓰러졌다. 활로를 연 민재는 가희의 손을 잡고 다시 뛰었다. 뒤따르던 사병들이 민재와 가희를 발견하고 악착같이 쫓았다.

달리는 민재와 가희를 향해 쌩 하고 화살이 날아들었다. 화살은 민재를 아슬하게 스쳐 나무에 박혔다. 화살의 주인은 정안군이었다. 그는 서두르지 않았다. 산비탈을 도망치는 민재와 가희를 향해 또 한 발을 쏘았다. 이번에도 화살이 빗나갔다.

"재빠른 사냥감이구먼."

정안군이 화살을 시위에 끼우며 껄껄 웃었다. 언덕에서 하륜과 조영규가 말을 타고 내려와 정안군과 합류했다.

"이럴 때 산에서 훈련한 효과가 톡톡히 보입니다."

하륜이 숨을 몰아쉬며 말했다.

"내가 달리 사냥을 즐기겠는가?"

정안군은 피식 웃었다.

정안군이 말에 올라 언덕을 내려가기 시작했다. 하륜과 조영규가 그의 뒤를 따랐다. 낮은 산비탈을 일렁이는 횃불 무리가한 방향으로 움직였다.

민재와 가희는 토끼몰이 당하듯 산비탈을 달렸다. 민재의 눈에 조각배가 정박해 있는 작은 나루터가 들어왔다. 그들은 나루터를 향해 온 힘을 다해서 달렸다. 반대편 풀숲에서 조영규를위시한 정안군의 사병들이 모습을 드러냈다. 나루터가 가까워지자 민재와 가희는 마지막 힘을 짜내어 달렸다.

조영규와 사병들이 바짝 뒤쫓았다. 뒤에서 정안군의 무리가일제히 불화살을 당겼다. 하늘을 가른 불화살이 순식간에 묶여있는 배들에 꽂혔다. 배는 빠르게 불길에 타올랐다. 배에 붙은불길은 닻줄을 따라 나루터에 옮겨붙었다. 민재와 가희는 더는갈 곳이 없었다.

"다 잡았구먼."

정안군이 여유롭게 활을 걸었다. 그는 시위를 당겨 민재를 향해 조준했다. 정안군의 손끝에서 화살이 떠났다. 화살은 바람을 가르며 민재에게 날아갔다.

"나리."

가희가 몸을 던졌다. 활은 그대로 가희의 가슴께에 꽂혔다. 가희가 쓰러졌다. 화살이 꽂힌 가슴에서 피가 흘러내렸다.

"가희야!"

민재가 쓰러진 가희를 끌어안았다. 민재의 손에 가희의 뜨거운 피가 흘렀다. 민재는 어떻게든 살기 위해 필사적으로 빠져나가려고 했다. 이렇게까지 삶을 갈망했던 적이 있었던가, 그 짧은 찰나 가희를 품에 안고 민재는 생각했다.

"어찌 이리 미련하단 말이냐."

"송구스럽습니다."

가희는 희미하게 웃었다. 민재는 가희를 품에 안고 불이 붙지 않은 배로 향했다. 그리고 물속으로 들어가 그녀를 배 위로 밀어 넣었다. 가희는 배 모퉁이를 사이에 두고 민재의 손을 부여잡았다.

"나리, 타십시오. 같이 가셔야 합니다."

"가라. 살아남으면 뒤따라갈 것이다."

"나리! 어찌 나리를 두고 혼자 가라 하십니까."

몇 발의 화살이 그들을 지나 강물로 쏟아졌다. 민재는 힘을 다해 가희의 손을 떨쳐냈다.

"먼저 가 기다려라."

기다려라, 민재는 가희의 얼굴을 감싸 쥐었다.

"기억해라."

민재가 갈망하듯 말했다.

"너는 내 뜻이고 내 삶의 의미니라. 그러니……."

민재는 가희의 손을 놓았다.

"살아야 한다."

민재가 힘껏 배를 밀어냈다. 배가 서서히 움직였다.

"안 됩니다. 이러시면 안 됩니다!"

민재가 돌아보며 미소를 지었다.

"걱정하지 마라! 금방 따라갈 것이다!"

가희의 배가 불길 사이로 빠져나갔다. 가희는 망연히 불길 속으로 사라지는 민재의 뒷모습을 보며 절규했다.

"아아. 나리! 나리!"

가희의 눈에 민재의 뒷모습이 들어왔다. 불길에 휩싸인 나루터에서 그를 에워싸고 있는 사병들이 보였다.

민재가 보이자 정안군이 화살을 시위에 걸어 조준했다.

"소인에게도 기회를 주십시오."

조영규가 나섰다.

정안군이 씩 웃었다. 그는 사병들에게 화살을 거두게 했다. 민재는 물에 젖은 채 나루터로 올라섰다. 맞은편 불길 속에서 점점 가까이 다가오는 조영규가 보였다. 민재는 포효하며 어검을 뽑아 들었다. 그 모습이 마치 사신死神과 같았다.

"으아악!"

민재는 칼을 쥔 손에 힘을 주었다. 조영규는 철퇴를 휘두르며 민재를 향해 달렸다. 조영규는 민재가 사정권에 다가오자 철퇴를 휘둘렀다. 민재는 철퇴를 쳐내고 중심을 잃은 조영규를 향해 칼을 겨눴다. 조영규가 간신히 칼을 피해 중심을 잡았다. 일 합, 이 합이 오가고 빈틈을 발견한 민재는 조영규의 눈에 침을 뱉었다. 조영규는 시야를 잃고 허둥거렸다. 민재는 어검을 그대로 조영규의 목에 꽂았다.

"컥!"

조영규는 무릎을 꿇고 자신의 목에 박힌 칼을 빼내려고 애썼다. 민재는 더욱 힘을 줘서 칼을 조영규의 목에 쑤셔 넣었다. 조영규가 고통에 몸부림쳤다. 민재는 조영규의 철퇴를 빼앗아 조영규의 머리를 내려쳤다. 조영규가 사방에 피를 뿌리며 고꾸라졌다. 멀리서 정안군의 사병들이 달려오는 게 보였다.

민재는 철퇴를 휘두르며 사병들을 위협했다. 사병들이 뒤로 주춤거리며 밀려났다. 민재는 점점 거리를 좁히는 사병들을 향해 횃불을 던지고 철퇴로 찍었다. 그리고 칼을 빼앗아 휘두르며 사병들이 접근할 수 없게 했다.

죽음을 부르는 민재의 칼부림 속에 사병들이 나가떨어졌다. 비릿한 피 냄새에 이성을 잃은 민재는 미친 듯이 칼을 휘둘렀다. 불길이 치솟는 좁은 나루터 위에서 민재의 칼을 맞은 사병들이 물속으로 처박혔다. 처절한 피의 향연이었다.

가희는 멀어지면서도 민재에게서 눈을 떼지 않았다. 민재는 자신의 삶을 끝내려 달려드는 사병들 속에서 맹렬한 저항을 하고 있었다. 민재의 온몸이 인간의 피로 젖었다. 저 끝, 백사장에서 민재를 지켜보는 정안군이 보였다. 그는 재미있는 수벽치기 경기를 구경하듯 말 위에 앉아 흥미롭게 민재의 필사적인 칼 놀림을 보고 있었다. 민재는 죽은 사병의 몸에 꽂혀 있던 창을 빼내 정안군을 향해 힘껏 던졌다. 창은 정안군에게 미치지 못하고 바로 앞 백사장에 맥없이 꽂혔다.

"이제 그만 사냥을 끝내자. 지루해지는 것 같다."

정안군이 활을 들어 민재를 겨냥했다. 정안군의 사병들이 일제히 활과 불화살을 들어 겨냥했다. 정안군과 그의 사병들이 동시에 활시위를 놓았다. 시위가 터지는 소리가 경쾌하게 퍼졌다. 화살들이 하늘을 메웠다. 민재는 서서 자신을 향해 오는 화살 떼를 망연히 바라봤다. 그 와중에 직선으로 빠르게 궤적을 그리던 화살이 민재의 가슴에 꽂혔다. 정안군이 멀리서 흡족한 듯 활을 거뒀다. 몇 발의 화살이 민재의 가슴을 꿰뚫었다. 민재는 피를 토해내면서도 정안군을 노려봤다. 불길 속에서, 민재는 무너지듯 무릎이 꺾였다. 민재를 향해 다시 겨누어지는 화살들이 일제히 활을 떠났다. 불 속에 갇힌 민재는 나루터를 묶은 밧줄을 있는 힘껏 내리쳤다. 밧줄이 끊어지며 나루터가 무너져 내렸다. 민재는 정안군의 시야에서 사라졌다.

민재는 물속으로 빠져들었다. 그는 붉은 핏물에 둘러싸여 점점 가라앉았다. 사방이 고요해졌다. 아무런 통증도 느껴지지 않았다. 민재는 그저 자신을 감싸는 물컹한 물의 감촉을 느낄 뿐이었다. 강은 깜깜했다. 그래서 그는 외로워졌다. 어머니도 외로웠을까. 그는 물속에 가라앉으며 생각했다.

지독한 고요 속에서 첨벙! 소리와 함께 무엇인가가 물속으로 뛰어들었다. 그러고는 민재 곁으로 다가왔다. 가희였다. 민재는 자신을 향해 다가오는 가희를 보자 마음이 편해졌다. 그녀의 얼굴이 점점 더 가까워졌다. 민재는 손을 뻗어 가희의 손을 잡았다. 물속에 뛰어든 가희를 잡았을 때, 민재는 자신을 가두던 빗장이 풀리는 것을 깨달았다. 다시 똑같은 생이 반복되더라도 그는 이 순간의 결정을 되돌리지 않을 것이라고 다짐했다. 그는 그게 운명이라 믿었다. 가희는 민재를 끌어안았다. 모란 위에 앉은 지친 나비처럼, 둘은 깜깜한 강의 어둠 속으로 사라졌다.

"무슨 일이 있어도 이 손, 놓지 않을 것이다. 너도 약조할 수 있느냐?"

"네."

종終

민재는 동산 위에서 부스스 눈을 떴다. 그는 가희의 무릎을 베고 누워 있었다. 사방에 봄이 한창이었다. 모란과 이름 모를 들꽃들이 지천에 흐드러졌다. 형언할 수 없는 포근한 바람이 그들을 어루만지다가 다른 곳으로 떠났다.

"꿈을 꾸었구나."

민재는 가희의 포근한 다리에 얼굴을 비비며 말했다.

"무슨 꿈입니까?"

가희가 구름처럼 부드러운 음성으로 물었다.

민재는 잠자코 몸을 일으켰다.

언덕 아래로 모닥불을 피워놓고 춤을 추고 있는 사람들이 보였다. 이민족 축제가 한창이었다. 바람을 타고 현의 노래가 들렸다. 멀리서 춤에 몰두하는 무희들의 황홀한 움직임도 보였다. 바람에 꽃잎이 날리는 것 같았다.

"사람들이 모여 춤을 추는데, 출신이나 귀천이나 남녀 구분 없이 모두 어울려 춤을 추더구나. 누구를 해치거나 칼을 쓸 필요가 없는 그런 곳에서, 모두가 어울려 춤을 추더구나."

가희는 자리에서 일어나 민재의 손을 잡고 그를 사람들 속으로 이끌었다.

"좋은 꿈이네요. 나리와 함께 그곳으로 가고 싶습니다."

민재와 가희는 사람들과 어울려 춤을 췄다. 무슨 춤인지도 모르고 몸이 시키는 대로 몸을 움직였다. 민재는 행복했다.

정안군의 사병들이 아수라장인 나루터에서 시체를 치웠다. 정안군은 말을 탄 채 강가에 우두커니 서서 이 광경을 지켜보았다. 그런 그에게 하륜이 다가왔다.

"시신을 찾지 못했다 합니다."

정안군은 고개를 끄덕였다.

"지금부터 이들과 그의 가족에 관련된 모든 일은 기록에서 삭제하십시오. 그의 빈자리는 그의 부장 이제와 삼봉의 이름으로 채워 넣습니다."

"명 받들겠나이다."

허탈하게 웃으며 자리를 뜨는 정안군의 뒤를 하륜이 따랐다. 가희의 손수건이 강물을 따라 흘러 내려갔다.

KI 신서 5913

순수의 시대

1판 1쇄 인쇄 2015년 3월 2일
1판 1쇄 발행 2015년 3월 5일

각본 김세희 **소설** 김경희
영화투자배급 CJ엔터테인먼트
펴낸이 김영곤 **펴낸곳** (주) 북이십일 21세기북스
부사장 이유남
미디어사업본부장 윤군석
디자인 오현숙
영업본부장 안형태 **영업** 권장규 정병철 오하나
마케팅본부장 이희정 **마케팅** 김한성 최소라
출판등록 2000년 5월 6일 제10–1965호
주소 (413–120) 경기도 파주시 회동길 201(문발동)
대표전화 031–955–2100 팩스 031–955–2151 **이메일** book21@book21.co.kr
홈페이지 www.book21.com **블로그** b.book21.com
트위터 @21cbook **페이스북** facebook.com/21cbook

ISBN 978–89–509–5802–2   03810
책값은 뒤표지에 있습니다.